चौरासी

चौरासी

डॉ. रमेश कुमार दुबे

ज्ञान गंगा, दिल्ली

प्रकाशक : ज्ञान गंगा, 2/42, अंसारी रोड, दरियागंज, नई दिल्ली–110002
 संस्करण : प्रथम, 2023 /

ISBN 978-81-963553-3-3

CHAURASI *novel by* Dr. Ramesh Kumar Dubey

Published by **GYAN GANGA**

2/42, Ansari Road, Daryaganj, New Delhi-110002

प्रस्तावना

समय काटे नहीं कटता था। भारतीय स्टेट बैंक से सेवानिवृत्ति के बाद प्रभु कृपा से स्थायी लोक अदालत झाँसी कोर्ट में मेंबर जज के पद पर चयन हो गया। पैंसठ वर्ष की आयु में उससे भी सेवा-मुक्त हो गए।

सामाजिक, पारिवारिक दायित्व पूर्ण हो चुके थे। अब हम थे और हमारा जीवन। एक पुत्री तथा दो पुत्र हैं, जो परिणयसूत्र में बँधकर अपनी-अपनी नौकरी कर रहे हैं।

बड़ी पुत्री डॉ. अर्चना दुबे इंदौर (मध्य प्रदेश) में प्रोफेसर है। अमित दुबे नोएडा में टैक महिंद्रा कंपनी में कार्यरत है। वे साइबर सुरक्षा विशेषज्ञ हैं तथा सरकारी अर्ध-सरकारी व अन्य विभागों के अधिकारियों को साइबर सुरक्षा का प्रशिक्षण देने में व्यस्त रहते हैं। साइबर सुरक्षा पर अमित की कई पुस्तकें प्रकाशित हो चुकी हैं।

एक दिन अमित ने सलाह दी कि आप समय काटने के लिए कोई पुस्तक लिखना आरंभ कर दो। मैंने मना कर दिया कि यह काम मेरे वश का नहीं है।

अमित के द्वारा बार-बार कहने पर एक दिन एक डायरी और पेन लेकर लिखने बैठ गया। माँ सरस्वती की वंदना की और लिखना आरंभ कर दिया। विचार आते गए और कहानी आगे बढ़ती गई और एक दिन किताब पूर्ण हो गई।

इस कार्य में मेरी धर्मपत्नी लगातार मुझे हिम्मत बँधाती रही। छोटा

बेटा आशीष, जो एन.टी.पी.सी सपित छत्तीसगढ़ में सीनियर मैनेजर है, उसने भी अमित के द्वारा प्रोत्साहित करने पर 'करतब' नामक किताब लिख डाली। मेरी प्रिय नातिन मैत्रेयी शर्मा व नंदनी शर्मा लगातार पूछती रही कि नानाजी-कितनी लिखी। सबसे ज्यादा प्रोत्साहन तो मेरी पोती अदविका दुबे का रहा, जिसने आठ साल की उम्र में एक कहानी लिखकर पुस्तक छपवा ली। झाँसी के बहुचर्चित लेखक, पत्रकार, चिंतक व समाजसेवी डॉ. पवन तूफन का भी सहयोग रहा, उन्होंने अपनी पत्रिका पुष्पवाटिका व मधुर चिंतन में मेरे कई लेख छापे।

इस पुस्तक में मैंने अपने बचपन के समय की एक सही घटना का वर्णन करने का प्रयास किया है। बुंदेलखंड क्षेत्र के चौरासी के नाम से प्रसिद्ध क्षेत्र के ग्रामीण परिवेश को दरशाया गया है। मेरा मानना है कि मनुष्य को अपनी सभ्यता-संस्कार व रीति-रिवाजों को नहीं भूलना चाहिए। उन्हें अपनाने में शर्म नहीं करनी चाहिए। समय तो परिवर्तनशील है। हम उसे नहीं रोक सकते, लेकिन अपने संस्कारों को सहेज सकते हैं।

अब पुस्तक आपके हाथ में है, पर कैसी है, आपके निर्णय पर निर्भर करता है। आपका आशीर्वाद मिला तो दूसरी पुस्तक लिखने का प्रयास करूँगा।

चौरासी

बात सन् 1960 से 1970 के दशक के बीच के समय की है। उस समय भारत देश में विकास कम ही हुआ था। दैनिक सुख-सुविधाओं का अभाव था। शहरों में रात्रि में रोशनी करने के लिए जगह-जगह चौराहों पर लैंपपोस्ट (एक लकड़ी का खंभा चौराहे पर लगा होता था।

जिसके ऊपर एक काँच का बक्सा होता था, उसके अंदर लैंप रखा रहता था, जिसमें शाम के समय नगर पालिका का कर्मचारी सीढ़ी और मिट्टी के तेल का डिब्बा लेकर आता था तथा लैंप में तेल डालकर जला जाता था, जो रात्रि में ही तेल खत्म होने के कारण बुझ जाता था।) लगे रहते थे। घरों में लोग दीपक या लालटेन (अंग्रेजी के लैटर्न का अपभ्रंश) का प्रयोग रात्रि में उजाले के लिए करते थे।

यातायात के लिए ग्रामीण क्षेत्र में बैलगाड़ी का उपयोग किया जाता था या एक स्थान से दूसरे स्थान पैदल ही जाते थे।

कुछ गिने-चुने लोगों के पास साइकिल हुआ करती थी।

गाँव में लगभग सभी अशिक्षित होते थे। शिक्षा का प्रचार-प्रसार नहीं था। तीन-चार गाँवों के बीच एक सरकारी स्कूल हुआ करता था, जिसमें एक अध्यापक नियुक्त होता था। अकेला एक अध्यापक ही कक्षा-1 से लेकर कक्षा-5 तक के छात्रों को पढ़ाता था। उस समय कक्षा-1 में भरती होती थी। आज के समय की तरह स्कूलों में प्ले स्कूल लोअर केजी, केजी आदि कक्षाएँ नहीं होती थीं। पाँच

वर्ष की उम्र होने पर बच्चे-बच्ची को स्कूल ले जाकर कक्षा एक में दाखिला कराया जाता था।

प्रारंभिक पढ़ाई के लिए एक लकड़ी की पट्‌टी होती थी, जिस पर काला रंग पुता होता था। उस पर खड़िया से लिखा जाता था। पूरी पट्‌टी भर जाने के बाद उसे पानी से धोकर साफ किया जाता था। पट्‌टी सूख जाने पर उस पर दुबारा लिखा जाता था। आरंभिक पढ़ाई यही थी।

आगे की कक्षाओं में लिखने के लिए स्याही का प्रयोग होता था। स्याही नीले व काले रंगों में आती थी। एक जंगली लकड़ी जो बाँस के पेड जैसी होती थी, जिसे स्थानीय भाषा में 'बरू' कहते थे। उसकी कलम बनाकर स्याही से लिखा जाता था।

समय बीतता जा रहा था। एक दिन शाम होने से पहले मिच्चू दादा ने, जो गाँव भड़रा में रुके थे, अपने ट्रक ड्राइवर से कहा चलो, नहीं तो शाम हो जाएगी। नारान का कोई भरोसा नहीं है। मिच्चू दादा की एक आँख खराब थी, इसीलिए वे मिच्चू दादा के नाम से जाने जाते थे। उनका असली नाम किसी को पता नहीं था। ड्राइवर ट्रक में बैठा और मिच्चू दादा को बैठने को कहा। मिच्चू दादा ट्रक के केबिन में ड्राइवर के पीछे बैठ गए। वहाँ भीड़ लगाए खड़े गाँववालों को राम-राम का अभिवादन किया। सब गाँववालों ने राम-राम का जवाब दिया। ट्रक तीन-चार बार कोशिश करने के बाद तेज आवाज के साथ स्टार्ट हो गया और बबीना की ओर चल पड़ा। बबीना ग्राम भड़रा से लगभग दस किलोमीटर दूर था। लगभग पाँच कि.मी. कच्चा रास्ता था, उसके बाद पाँच कि.मी. पक्का सिंगल (छोटा) रास्ता था। अभी ट्रक लगभग चार कि.मी. गया होगा कि आगे बीच रास्ते पर पत्थर रखे दिखे, जो इस प्रकार रखे गए थे कि कोई चार पहिया वाहन आसानी से न निकल पाए, यह देख मिच्चू दादा ने कल्लू ड्राइवर से कहा सँभाल ट्रक (चिल्लाया) ये सब नारान के आदमियों का काम है, जैसे ही ट्रक पत्थरों के पास पहुँचने वाला था कि सामने से झाड़ियों के पीछे,

पेड़ों के पीछे छिपे 10-12 लोग लाठियाँ, लुहॉगी (लाठियों के एक ओर लोहे के मजबूत मोटे छल्ले लगे होते है, जिनसे प्रहार करने पर बहुत अधिक चोट लगती थी) लिये चिल्लाते हुए ट्रक की और दौड़े। कल्लू अचानक हुए हमले से कुछ क्षण के लिए घबरा गया, फिर अगले ही पल वह जोर से चिल्लाया 'जय बाबा विश्वनाथ' और ट्रक के एक्सीलेटर पर पैर रखकर एक झटके से ट्रक को जंगल की तरफ मोड़ दिया। ट्रक कच्ची ऊबड़-खाबड़ जमीन पर तेजी से आगे बढ़ने लगा। कल्लू ने मिच्चू दादा से कहा, दादा सँभलकर बैठों, जोनों मैं हों, ये कछू नई कर सकता। मिच्चू दादा की जान हलक में अटकी थी। उन्होंने जोर से ट्रक की सीट पकड़ ली और किसी अनहोनी को सोचकर घबड़ा गए। वे जोर से चिल्लाए, 'कल्लू सँभल के' कल्लू दादा का पुराना व बफादार ड्राइवर था। काफी सालों से कल्लू मिच्चू दादा का ट्रक चला रहा था। उसने पहले भी इस तरह की समस्याओं का सामना किया था और ट्रक को माल सहित सही जगह पहुँचाया था। कल्लू ने कच्ची ऊबड़-खाबड़ जमीन पर थोड़ी आगे जाकर ट्रक को रोड की तरफ मोड़ दिया।

नारान सेठ के आदमी अचानक ट्रक के रास्ता बदल जाने की उम्मीद नहीं किए थे। वे लगातार ट्रक के पीछे डंडे लेकर दौड़ रहे थे। रास्ता ठीक न होने से उनको दौड़ने में परेशानी हो रही थी। जैसे ही ट्रक रोड पर पहुँचा, कल्लू ने ट्रक की रफ्तार बढ़ा दी। अब पीछे दोड़ने वाले काफी दूर रह गए थे। अब कल्लू ने और मिच्चू दादा ने चैन की साँस ली। मिच्चू दादा बोले, 'अगर और देर हो जाती तो जाने क्या होता इसीलिए मैंने जल्दी चलने की बात कही थी। इन ससुरों के मारे चैन से नहीं रह पाते।' कल्लू ट्रक लेकर सीधा बाड़े में गया और ट्रक को एक साइड में खड़ा कर दिया। मिच्चू दादा उतरकर घर के अंदर चले गए। कल्लू बाड़े में काम पर लगे मजदूरों से बातें करने लगा। उसने उन लोगों को बताया कि कैसे नारान दादा के आदिमियों ने आज हमला करने की कोशिश की

और कैसे मैंने ट्रक को कच्चे में उतारकर रोड पर लिया और 'बाड़े' तक पहुँचा हूँ। मिच्चू दादा आज बाल-बाल बचे, यह सुनकर भैयालाल को क्रोध आ गया, बोला, मैं होतो तौ आज बता देतो। उन सबको मताई कौ दूध याद दिला देतो। भैयालाल मिच्चू दादा के आदमियों में सबसे हृष्ट-पुष्ट और फुर्तीला था। उसने कई बार दस-दस आदमियों से मुकाबला कर सबको मार भगाया था। वह मिच्चू दादा का सबसे भरोसे का आदमी था। बाड़े के सारे काम-काज वही देखता था।

उस समय बीड़ी का चलन धीरे-धीरे बढ़ रहा था। आम आदमी चिलम (मिट्टी की बनी पाइप के आकर की) में तंबाकू भरकर पीता था। अमूमन हर आदमी की जेब में तंबाकू की पोटली, चिलम और आग पैदा करने का चकमक पत्थर पाया जाता था। माचिस का चलन नहीं था। धीरे-धीरे इन सब झंझटों से बचने के लिए बीड़ी का चलन आरंभ हो रहा था।

गाँव के अलाव पर चारों ओर गाँव वाले बैठे थे और चिलम पी रहे थे। एक व्यक्ति चिलम पीकर-दूसरे को पकड़ा देता, इस तरह बारी-बारी सब चिलम पीने में व्यस्त थे। चर्चा चल रही थी। गाँव के मुखिया श्यामलाल ने पूछा—सुना है कल मिच्चू दादा पर कछू आदमियन ने हमला कर दऔ तौ।

रघुवीर सिंह बोले—दाऊ सुनी तो मैंने भी है। वे तो ट्रक मैं बैठे थे, वो ड्राइवर उनको बड़ो होशियार है, मिच्चू दादा को बचा के काढ़ लै गऔ, नई तो वे आदमी दादा को मार ही देते।

मुखिया—जौ अच्छी दूशमनी चल रई दोई जनन में। एक-दूसरे खों मारवे की ताक में फिरत रत, जा नई कै अपनो-अपनो धंधों करें।

तुलसिया—जई तो मैं भी कहत हों मुखियाजी, जा दुश्मनी में का धरो, लेकिन जो अगर एसी ही चलत रई तो एक दिन देखियों एक-आध आदमी मर जै हैं। तब इन्हें आटा-दाल को भाव पतौ पड़ है, जब पुलिस डंडा बरसा है, बीच अथाई में और सबऔ गाँव तमासौ देख

है, तब न नारान सेठ कछू कर दै है और न मिच्चू दादा। सब जेल में चकिया पीस हैं।

उत्तर प्रदेश के बुंदेलखंड क्षेत्र में झाँसी जिले में भडरा नाम का गाँव था, जिसके आसपास दो-दो, चार-चार किलोमीटर पर बहुत से गाँव थे। बुंदेलखंड के करीब 100 गाँव को मिलाकर 'चौरासी' कहा जाता था। गाँव में खेती की जमीन पर खेती होती थी सिंचाई के साधन कुँआ ही थे, जिन पर रहट रखकर बैलों को रहट में जोतकर, कुँए से पानी निकालकर खेतों में सिंचाई की जाती थी। रहट लकड़ी का बना होता था, जिसमें मिट्‌टी के लोटे टाइप लगे होते थे, जिन्हें गाँव की भाषा में 'घरियाँ' कहते थे। बैलों से ही खेतों की जुताई, फसल की बुआई व फसल काटकर उसकी मड़ाई (स्थानीय भाषा में दाँय) की जाती थी। गाँव के किसानों का जीवन खेती पर ही निर्भर रहता था। खेती की उपज को पास के कस्बे में या स्थानीय बनिया को बेचा जाता था। उसी से घर-ग्रहस्थी का सामान पास के कस्बे से खरीदकर लाते थे।

जब से तेदू के पत्ते से बीड़ी बनने लगी थी, तब से ग्रामीणों की आय में कुछ बढ़ोतरी होने लगी थी। इन गाँवों के बीच में जो खाली जमीन पड़ी थी, जिसमें खेती नहीं होती थी, हर गाँव में कुछ जमीन जानवरों के चरने के लिए छोड़ दी जाती थी।

जिसमें उगने वाले चारे (घास) को गाँव वाले अपने जानवरों को चराते थे। हर गाँव में एक बरेदिया (गायों-भैंसों को इक्टठाकर जंगल में घास चराने ले जाने वाला) होता था, जो सारे गाँव के जानवरों को सुबह जंगल में चराने ले जाता था और शाम को सकुशल वापस गाँव ले आता था। हरेक गाँव वाला उसको प्रतिमाह निर्धारित अनाज इसके एवज में मजदूरी के रूप में देता था।

उसी जंगल में विभिन्न प्रकार के जंगली पेड़ बरसात के मौसम में उग जाते थे इनमें बेर, मकोरा भी होते थे, जिनको बडे चाव से खाया जाता था।

इन सब जंगली पौधों के साथ इस क्षेत्र में तेंदू के पेड़ भी उग आते थे। जिनके पत्ते बीड़ी बनाने के काम आते है। अभी भी बीड़ी तेंदू के पत्ते से ही बनाई जाती है।

तेंदू के पत्ते का व्यवसाय होता था। कोई पैसे वाला तेंदू के पत्ते एक निश्चित रेट पर खरीदता था। गाँव की औरतें आदमी अपना खेती का काम निपटाकर तेंदू के पत्ते तोड़ने जाते थे। जिनको एक निश्चित संख्या में इकट्ठी कर उनको बाँधकर गड्डी बनाई जाती थी। गीले पत्तों की गड्डी ग्रामवासियों से एक निर्धारित व्यक्ति अपने खलिहान में खरीदता था। उस खलिहान को 'फड़' कहा जाता था। उस फड़ में उन पत्तों की गड्डियों को सुखाया जाता था। उसके बाद ठेकेदार ट्रक में माल भरवाकर अपने स्थान पर ले जाता था तथा बीड़ी बनाने वाली कंपनी को बेच दिया करता था।

बीड़ी बनाने वाली कंपनी से स्थानीय औरतें, जो बीड़ी बनाना जानती थीं, बीड़ी बनाने का सामान, तेंदू के पत्ते, धागा, बीड़ी में भरी जाने वाली तंबाकू लेकर घर जाती थी और उनकी बीड़ी बनाकर कंपनी में बीड़ी जमा करके मजदूरी प्राप्त कर लेती थीं इससे महिलाओं की आय हो जाती थी, जो जितनी बीड़ी बनाकर देता, उसको उतनी आमदनी होती थी।

गाँव के लोग टोली बनाकर तेंदू पत्ता तोड़ने जाते थे। इनमें महिलाएँ अधिक होती थी। साथ में कुछ पुरुष लाठी-डंडे लेकर चलते थे, जिससे किसी अनहोनी से बचा जा सके। घर से निकलते समय सारी स्त्रियाँ व पुरुष एक बड़ी सी चादर साथ ले लेते थे। एक पोटली में रोटी, आचार, प्याज व मिर्ची, खाने का सामान हर स्त्री-पुरुष साथ ले जाते थे। साथ ही एक लोटा व डोर (रस्सी कुंए से पानी निकालने के लिए) भी साथ में लेकर निकलते थे। पुरुष वर्ग इसके साथ लाठी या कुल्हाड़ी ले लेते थे।

लगभग 20 लोगों का जत्था गाँव से सबको घरों से बुलाते हुए

निकला। रास्ते में तुलसिया का घर था, सब वहाँ रुके। रामकली, जो सब स्त्रियों में सबसे सुंदर व गठीले बदन की थी, ने आवाज लगाई-तुलसिया कढ़आ, आवै नो, का कर रई? अंदर से आवाज आई-आई तौ रई हूँ, तनक ठाड़े रहो।

तुलसिया बाहर निकलते चिल्लाई—का जल्दी है डाक डालवे जाने का?

इमिरती—बड़ी डाक बाबू हो रई, चल आ जा एक बूढ़ी सी औरत-झट्ट चलौ काय चिकचिक कर रये लौटने भी तो है जल्दी जै है तो जल्दी वापिस आ जै हें।

पूरा झुंड गाँव के बाहर आ गया।

इमिरती बोली—सूट मंटा चले जारये। बाई कछू गाओ तो। बाई-काय मैनेइ ठेका लऔ का, तै गान लग।

इमिरती—तुमई तौ सबसें सयानी हौ, गाओ मोय कछू नई आउत, भाँस भरा हो (गाने में साथ दूँगी)

अधेड उम्र की एक महिला ने गाना शुरू किया—

रामराजा ने ओरछा में आसन लगाई
चलौ दरसन खों भाई।
जब से ओरछा पधारे राजाराम
अवध बारे जरन लगे।
हतौ अवध कौ जो विश्वास
हम है प्रभुराम के दास।
ईसये करत हते विश्वास
उनने छोड़ दयो निजधाम *अवध··*
सौचे अवध पुरी के मन में
खेलें राम मेरे आँगन में
होत बधाई कनक भवन में।
इतै राम जू करत आराम- *अवध··*

सोचे राम दया के सागर
भर डारो गागर में सागर
धाम ओरछा भयो उजागर
लैलो राम लला को पावन नाम। अवध''

सब महिलाएँ गाते हुए एक साथ चल रही थीं। पुरुष वर्ग आगे था। रास्ते में एक और जत्था लगभग दस लोगों का मिला।

इमिरती—सब जनन खों राम-राम।

दूसरा जत्था—सब खो राम-राम (एक साथ बोले) रामकली-इमिरती आज कौन बगलै जै हो?

इमिरती—अवै कछू पतौ नइयाँ, जे कक्का जितै लुआ जै हैं, उतेई जै हैं, जेई जाने।

रामकली—काल तो खाती बाबा के करकें किरन (काली मिट्टी के खेत) में गए हते।

इमिरती—हओ, अकेलें उतै तो एक दिना तुमओ रौण्ड (राउण्ड) लग गऔ तो। हमें कछुअई नई मिलौ एसेई चले आए।

रामकली—काय झूठी कै रई, खूब मिले ते गटठा मूड़ पै घरे चले आ रये ते सवई जनै। मोय सब पतौ है।

इमिरती—काल कितेक गड्डी बनाई तीं। (50 तेंदू पत्ता की एक गड्डी बनाई जाती है) पचासक तौ एन बन गई हुईएँ।

रामकली—काय खो 30-35 बनी थी बडी मुश्किल से। विलात पत्ता खराब कढ़ गए ते। दोनों जत्था कुछ दूर चलकर अलग-अलग दिशा में चले जाते है।

अपने-अपने क्षेत्र में जाकर सब लोग एक जगह खाने की पोटली आदि रखकर पत्ता तोड़ने में लग जाते है।

दोपहर लगभग एक बजे बड़े कक्का ने सबको आवाज लगाई, 'आ जाओ दुफर हो गई है, रोटी खालो।'

तुलसिया—अवे नई, अवै तो तनकई पत्ता भये, अवैई तो नेक अच्छे पेढ़े मिले हैं, तनक टोर लैन दो। तुम्हें तौ खावे की परी है।

कक्का—ओ रमदसा, अरे पानी तो भर लिया जई, कुआँ को लियइओ वा बगल के कुआ को पानी तो खारो है।

सब लोग एक पेड़ के नीचे इकट्ठे हो गए पास में ही कुआँ था। रमदसा पानी भर लाया। सबने हाथ-पैर धोए और अपनी-अपनी खाने की पोटली खोली और खाना खाने लगे। कक्का प्याज की चटनी बनाकर लाए थे। उन्होंने सबको थोड़ी-थोड़ी चटनी दी। कुछ लोग अचार, कुछ साबुत प्याज और हरी मिर्ची लाए थे। सबने आपस में मिल-बाँटकर खाना खाया। खाना खाने के बाद फिर से पत्ते तोड़ने में लग गए शाम होने से पहले कक्का ने आवाज लगाई आ जाओ सब जनै, घरे चलो, लगेई रेहौ का। एक-एक कर सबने अपने-अपने पत्तों की पोटली बाँधी, खाने का कपड़ा जिसमें खाना लाए थे, डोर गड़ई लिये और वापस गाँव को चल दिए।

रास्ते मैं औरतें बाते कर रही थी—

रामकली—आज तो नैक अच्छे पत्ता मिल गए।

इमिरती—हओ काल तो जाँ गए थे, वहाँ सब विरियन की झाड़ियाँ हती। तेंदू के पेड़े तो कम हते।

इस तरह बातें करते कब गाँव आ गया। पता ही नहीं चला, सब राम-राम करके अपने-अपने घरों को चले गए।

गाँव में पत्तों के दो खलिहानों में अलग-अलग दो फड़ थे। एक मिच्चू दादा का, दूसरा नारान सेठ का। दोनों जगह ठेकेदार के आदमी लगे रहते, जो ग्रामीणों द्वारा लाई गई पत्तों की गड्डियाँ गिनकर लेते और उनके बदले प्रति गड्डी के अनुसार हिसाब करके पैसे दे देते थे।

पत्तों की गड्डियों को खरीदकर फड़ में सूखने के लिए जमीन पर अलग-अलग करके फैला देते थे। गड्डियाँ सूखने के बाद झालों (पतली सन की सूत की बड़े आकार के बोरे) में भर दिया जाता था। अधिक

झालें भर जाने पर 10–15 दिन में बबीना से ट्रक आता और झालों से ट्रक भरकर ठेकेदार के गोदाम में पहुँचा दिया जाता था।

एक दिन ग्रामीणों की एक टोली पत्तों की आस में जंगल में ज्यादा अंदर तक चली गई, वहाँ पर तेंदू के खूब सारे पेड़ थे। सारे लोग खुशी-खुशी पत्ते तोड़ने लगे। अभी लगभग एक घंटा ही हुआ होगा कि जंगल में घनी झाड़ियों में सरसराहट हुई, आसपास पत्ते तोड़ने वाले रुक गए और झाड़ियों की तरफ किसी अनहोनी की आशंका से उसी तरफ देखने लगे। झाड़ियों में से कुछ आँखें बाहर की ओर झाँकती नजर आईं, वे लोग कुछ समझ पाते कि झाड़ियों में से लगभग 6 भेड़िया (लड़ईया) गुर्राते हुए बाहर निकले और वहाँ काम कर रहे आदमी-औरतों पर छलाँग लगा दी। सारे लोग चिल्लाकर भागे। भेड़िया आदमी/औरतों पर हमला करते हुए आगे बढ़ते गए और सबको घायल करते गए, सारे लोग एक-दूसरे को बचाने की कोशिश कर रहे थे और खुद भेड़ियों के हमले का शिकार हो रहे थे। अचानक एक तेज गड़गड़ाहट की आवाज आई और सबने देखा कि शेर मैदान में कूद पड़ा और ग्रामीणों पर हमला कर रहे भेड़ियों पर हमला कर दिया। शेर एक-एक लड़ईया को दाँतों से व पँजों से मारने लगा। अप्रत्याशित हमले से घबड़ाकर लड़इया इधर-उधर जान बचाकर भाग गए। लड़इयों के भागते ही शेर भी गायब हो गया।

अधिकतर सब लोग, कोई कम, कोई अधिक घायल हो गए थे।

कक्का ने जोर से आवाज लगाई–जै हो बाबा विश्वनाथ की, जै हो खाती बाबा की, जै हो भुमानी की, आज सब खों बचा लओ, ऐसी ही कृपा बनाय रखियो।

☐

जंगल में ऊबड़-खाबड़ पहाड़ी थी, जिसमें काफी बड़े-बड़े पत्थर एक-दूसरे पर रखे थे, जो समझ के बाहर थे कि वे किस आधार पर टिके थे। सबसे ऊपर वाले पत्थर पर एक प्राचीन छोटा-सा मंदिर है, जिसमें

बाबा भोलेनाथ की स्थापना है। जिन्हें 'बाबा विश्वनाथ' के नाम से जाना जाता है। ऊपर ही पास के पत्थर पर एक और छोटा मंदिर है, जिसमें सिद्ध बाबा का स्थान है। पहाड़ी के नीचे कुछ दूरी पर माता रानी का मंदिर है। जहाँ ग्रामीण बड़ी श्रद्धा से पूजन-अर्चन करने आते हैं।

वही एक विशाल नीम के वृक्ष के नीचे खाती बाबा का चबूतरा है। ये सभी स्थान ग्रामीणों के श्रद्धा के स्थान हैं।

कहा जाता था कि देवी जी के मंदिर में एक पुराना शेर रहता है जो सारे जंगल में घूमता है और रात को विश्वनाथ बाबा के मंदिर में बनी कोठरी या देवी जी के मंदिर में आ जाता है। यह भी किंवदंती है कि मंदिर के पुजारी ने कई वर्ष पहले शेर को इस मंदिर में इसी एक शर्त पर रहने की आज्ञा दी थी कि तुम इस गाँव के किसी जीव-जंतु का शिकार नहीं करोगे, और ऐसा होता भी था। शेर ग्रामीणों को कभी-कभार दिख जाता था, लेकिन आज तक गाँव के पूरे क्षेत्र में जहाँ तक गाँव की सरहद थी, किसी जानवर या किसी स्त्री-पुरुष पर शेर ने हमला नहीं किया था।

विश्वनाथ बाबा व सिद्ध बाबा का स्थान बहुत ही प्रभावशाली था। यहाँ पर दूर-दूर से लोग आकर मन्नत माँगते और उनकी माँगी गई इच्छा जरूरी पूरी होती थी। गाँव से मंदिर की दूरी लगभग दो कि.मी. थी, जिसमें रास्ते में ग्रामवासियों के खेत, कुआँ पड़ते थे। खेतों में सिचाई कुँए के पानी से ही होती थी। कुएँ पर एक लकड़ी का बना रहट रखा जाता था। रहट में काँस की रस्सी बनाकर उसमें मिट्टी के लोटे के आकर की वस्तु बाँध जाती थी, जिन्हें 'घरिया' कहा जाता था। रहट को दो बैलों की सहायता से चलाया जाता था। घरियाँ कुएँ से पानी से भरकर ऊपर आती थी तथा ऊपर उनका पानी खाली हो जाता था। इस प्रकार एक छोटी नाली द्वारा पानी खेतों में पहुँचाया जाता था। रहट को स्थानीय लोग गाँव में ही बनाते थे। रहट चलने की जो आवाज निकलती थी, वह बहुत रोमांचकारी होती थी।

गाँव और मंदिर के लगभग बीच में एक नदी बहती थी, जो ज्यादा बड़ी नहीं थी। अकसर गाँव के लोग नदी में आकर नहाते थे। गाँव के बच्चे भी ज्यादा गहरी नहीं होने के कारण नदी में खूब आनंद लेते थे। नदी के बीच में व किनारे पर बड़े से पत्थर थे, जिस पर स्थानीय लोग नहाने के बाद कपड़े पटक-पटक कर धोते थे। नहाने व कपड़े धोने के लिए स्थानीय पेड़ों के फल, जिसे रीठा कहते हैं का प्रयोग करते थे। रीठा का पेड़ आकार में बड़ा होता है, उस पर छोटे गोल-गोल फल लगते है। इन रीठा की पानी में डालने पर इनमें से साबुन जैसा झाग निकलता था तथा उस झाग से कपड़े साफ हो जाते थे। सिर में व शरीर में राई या सरसों का तेल लगाते थे, जो गाँव के खेतों में पैदा होता था। राई या सरसों का गाँव में ही कोल्हू से पीसकर तेल निकाला जाता था। कोल्हू लकड़ी का बना होता था। इसे एक बैल की सहायता से चलाया जाता था।

इस अचानक हुए लड़इयों (सियारो) के हमले की खबर आसपास के गाँवों में तथा भड़रा में पहुँच गई। सब गाँवों से गाँव वाले डंडे, लुहॉगी, कुल्हाडी आदि लेकर हमला स्थल पर पहुँच गए। सैकड़ों आदमी व औरतें, बच्चे वहाँ इकट्ठे हो गए।

ग्रामीणों ने सब घायलों को बैलगाड़ी में बिठाकर भडरा गाँव उनके घरों तक पहुँचाया, जहाँ सबका इलाज आरंभ किया गया।

उसी रात सरपंचजी ने गाँववालों की बैठक बुलाई। हादसे पर विस्तार से चर्चा हुई। अंत में सरपंच जी बोले—"सब जनै सुन लो कि आज सब गाँववालों को विश्वनाथ बाबा ने बचा लओ। उनने ही अपनो शेर मौका पर टैम से पौचा दओ, नई तो आज लड़इया जाने कितेक लोगन खों खा जाते, जाने कितने मर जाते। अब मैरी समझ से सब जने जोरता (चंदा) करके विश्वनाथ बब्बा के मंदिर पै अखंड रामायण को पाठ कराओ और दूसरे दिन भंडारो, जी में सबरे गाँव बारे सामिल होवें।"

समस्त उपस्थित लोगों ने इस प्रस्ताव का समर्थन किया।

गाँव के पंडित व विश्वनाथ बाबा के पुजारीजी से इस बाबत महूर्त दिखवाया। पंडितजी ने दो दिन बाद का मुहूर्त शुभ बताया।

उन्होंने कहा—रामायण शुभ मुहूर्त में आरंभ होगी। अगले दिन हवन के लिए अग्निवास भी शुभ है।

नियत समय पर सारे गाँववालों ने मिलकर पंडित सीताराम के निर्देशन में रामचरित मानस का पाठ विधि-विधान से बाबा विश्वनाथ के मंदिर पर आरंभ किया। ढोलक, हारमोनियम, झीका, मजीरा बजाते हुए सभी भक्तजन रामचरित मानस का पाठ कर रहे थे। पाठ के यजमान गाँव के मुखिया/सरपंच श्यामलाल जी थे।

गाँव में जितने पढ़े लोग थे, वे सब मिलकर बारी-बारी से पाठ में बैठ रहे थे। गाँव के बाकी लोग पाठ की व्यवस्था देख रहे थे। कुछ लोग दूर बैठकर चिलम पी रहे थे। सब बाबा विश्वनाथ की महिमा का गुणगान कर रहे थे।

रघुवीर सिंह—बहुत साँचे देवता है, सब गाँव की रक्षा करत हैं।

तुलसिया—साँची बात है, बाबा हमें सब आफतों से बचा लेत। पिछले साल को पतो है असफेर में सवईं (सब जगह) ओरे (ओला) पड़े थे, पर मजाल है कि एकई ओला अपने गाँव की तरफ आओ होय।

विंदे माते—भैया बाबा की बड़ी कृपा है।

कुछ लोग मंदिर की परिक्रमा कर रहे थे। उनमें से एक व्यक्ति ने ऊपर से नीचे की ओर झाँका, तो देखकर चौंक गया। नीचे घनी झाड़ियों से निकलकर नाग-नागिन का जोड़ा मस्ती में एक बड़े पत्थर पर बैठा था उस व्यक्ति ने सबको बुलाया और बताया कि उधर देखो, नाग-नागिन का जोड़ा बैठा है।

बृजलाल—अरे वे भोले बब्बा हैं, सब हाथ जोड़ लेओ। वे अपने आप चले जै हैं। वे तो जई झाड़ी में रहत है। अकसर दिखा जात, पर आज लो काऊ से बोले नइया।

24 घंटे पूरे होते-होते रामचरित मानस का पाठ समाप्त हो गया।

पुजारी—एक बेर सुंदरकांड को पाठ और कर लो, जब लौ पूजन हवन की व्यवस्था लगाए लेत।

पाठ समाप्ति के बाद भगवान् बाबा विश्वनाथ का पूजन हुआ तथा हवन किया गया।

कक्का—सब जनै आ जाव, पूरन आहुति डार लो।

वहाँ उपस्थित सब लोगों को हवन का शाकिल बाँट दिया गया। पंडितजी ने मंत्रों का वाचन किया, उसके बाद सभी लोगों ने हवन कुंड में पूर्ण आहुति डाली।

दोपहर ढल चुकी थी।

मुखिया—लालाराम, देखो भंडारो बन गऔ होय, तो भोग की पातर लगा ल्यातो, भगवान् खो भोग लग जावे, फिर सबको जेवे की कै दो। टेम होरओ, रात होवे से पैले कन्या जिव जावे। संगेई जनी मानसन खो बैठा दो।

लालाराम—हओ मुखिया साब आवे हाल लो। नीचे कुइया के पास मैदान में भंडारा आरंभ हो गया। सब लोगों को पहले भगवान् का प्रसाद परोसा गया, फिर भोजन परोसा गया। सब लोगों ने आनंद से भंडारा खाया। रात के समय कुछ लालटेनें जला दी गईं। लगभग आधी रात तक ग्रामीण भंडारा में व्यस्त रहे।

ग्रामीण फिर से जंगल में तेंदू पत्ता तोड़ने के लिए जाने लगे। शाम के समय पत्तों की गड्डियाँ फड़ में जमा करने जाते। मिच्चू दादा के फड़ का मेट मंशाराम था, जो कुछ पढ़ा-लिखा था। फड़ का सारा हिसाब वही रखता था। किसकी कितनी गड्डियाँ जमा हुई सब लिखता जाता था। उसी के हिसाब से भुगतान करता था। कभी-कभार सेठजी के द्वारा पैसा न पहुँचाने के कारण एक-दो दिन की उधारी हो जाती थी, जो पैसा आने पर चुका दी जाती थी।

इसी प्रकार नारान सेठ का फड़ दिस्सू सँभालता था।

इन्हीं गाँववासियों में एक अधेड स्त्री दुरगिया थी, जो नैन-नक्श की सुंदर थी। रंग गोरा, मध्यम कद और हँसमुख स्वभाव की थी।

दुरगिया—मौड़ी मैं पत्तन खों जा रई, घर का सब काम निपटा के तनक खलिहान पर चली जाना। जानवरों को पानी पिलाना है। आज दद्दा पड़ोस के गाँव गए हैं। तुम्हारे मामा की मौड़ी खो देखवे वारे आ रये हैं।

मौड़ी (रामकली) एक सुंदर सुडौल, गोरी नारी, अपनी माँ दुरगिया जैसी ही चुलबुली लड़की है। बोली—मामा की मौड़ी अवै ब्याव लाक हो गई का, अवै वाकी उमरई का है?

मौसी के मौड़ा की शादी में मिली थी। हम सबने शादी में खूब मजा लये ते। वीसक की हुइये मुश्किल से।

दुरगिया—अरे, अवै का जान लऔ, भई, अई जात का सादी तय का पतो कबनो तै होत, अबैई से मोड़ा देखने पर है, तब कऊँ साल-दो साल में पंत पर है।

रामकली—बात तौ साँची है।

दुरगिया—अब बातें जिन मठोलै। काम में मन लगा। वा दूध में जामन लगा दऔ के नई? तेओ मन बातन में ज्यादा लगत, चल मैं जा रई, सब काम निपटा लिये।

उस दिन घर का सारा काम निपटाकर रामकली पड़ोसिन मौसी से बातें कर रही थी कि दुरगिया ने आवाज लगाई-मौड़ी मैं फड़ पै जा रई, द्वारे लगा लिये।

रामकली—बाई आज मैं भी चल हों फड़ पे। मैं देखन चाहत कै गड्डी कैसे जमा करत?

दुरगिया—तेओ काम नईयाँ, घर पैई रह। पर रामकली जिद करने लगी, घरै का करहो, सब काम निपटा लऔ, तनक फिर आहो फड़ तक, संगेई वापिस आ जै हो।

आखिर रामकली की जिद के आगे दूरगिया मान गई, बोल—चल-उठा ले जो गट्ठा।

दोनों माँ बेटी-फड़ पर पहुँचती है।

दुरगिया—मंशा भइया राम-राम।

मंशाराम—राम-राम, आज तो मौड़ी खों भी लुवा लियाई, फड़ देखवे काय रामकली? पत्ता टोरन भी जात है का मताई के संगे?

दुरगिया—नई, मैं अकेली जात हो। मोड़ी तौ घर के काम-काज करवे घरै रहत है, दोई जने चले जै हें तो रोटी-पानी को कर है?

तुलसिया—आ जाओ, बड़ी देर कर दई। मैं तो निपट के घरै चली, अब तुम बैठो। रामकली पहली बार फड़ पर आई थी। वह चारों तरफ का नजारा देख रही थी। पूरे फड़ में चारों तरफ तेंदू पत्ता की गड्डियाँ फैली थी, कुछ सूखी थी, कुछ गीली। कुछ आदमी गड्डियों को पलट रहे थे जिससे वो दोनों तरफ धूप से सूख जाएँ।

एक खटिया पर मंशाराम अपनी कॉपी-पेन लिये बैठे थे। पास में एक थैला रखा था। जिसमें रुपए पैसा थे। मंशाराम आज सबका हिसाब करके पैसे देता जा रहा था। मिच्चू दादा ने आज ही पैसे भिजवाए थे।

एक आदमी ने दुरगिया की गड्डी गिनी और गिनती मेट को बता दी।

मेट—दुरगिया काल के पत्ता हल्के-हल्के हते, अच्छे पत्ता ल्याउ करे, नई तो गिनती नई करें हैं। एसेई डार दै है।

दुरगिया—और कित्ते बड़े चाहिए? इनसे बड़े नई होत काय खों हैरान कर रये।

तुम कऔ तो तला में सें पुरैन के पत्ता ले आवें। उनमें कछू पै बैठे रइये। और कछू पै रोटी परसकें खालियौ। तुमई तौ आदत है मीन भेख निकारवे की, जी दिना दादा मिल गए वई दिना शिकायत कर दै हो। सो भूल जै हो मसखरी करवो।

मंशाराम—खूब कर दियो, वे का बिगार लै हें?

फड़ पर स्त्री-पुरुष आ रहे थे। अपनी-अपनी गड्डी जमा करके पैसों का हिसाब करके ले जा रहे थे।

एक व्यक्ति फड़ पर साइकिल से आया और मंशाराम से बोला—राम-राम मंशा भइया।

मंशाराम—राम-राम कैसे हो केशव, सब ठीक-ठाक है? बैठो, तंबाकू पी लो।

मंशाराम ने पास में बैठे लोगों से बोला—एक चिलम भर लो। एक व्यक्ति ने चिलम में तंबाकू भरी और चिलम को मुँह से लगाया। दूसरे व्यक्ति ने जेब से थोड़ा-सा कपास निकाला, एक पत्थर, जो जेब में रखा था, निकाला। तथा एक लोहे का टुकड़ा कपास को पत्थर पर रखकर लोहे के टुकड़े से पत्थर पर चोट करने लगा—उसमें से चिंगारी निकली, जिससे पत्थर पर रखा कपास जलने लगा। उसने जला हुआ कपास चिलम पर रख दिया, जिससे चिलम जलने लगी। चिलम पकड़े वाले व्यक्ति ने चिलम का सुट्टा लगाया और दूसरे व्यक्ति को चिलम पकड़ा दी। बारी-बारी सबने चिलम पी।

केशव—मंशा भइया एक खबर कहने थी। मिच्चू दादा ने पुछवाई है कि ट्रक कबै भिजवा दे? कहास करवा दियो।

मंशाराम—अवै एक-दो दिन और रुक जाव। गड्डी सूख जावें। कम-से-कम ट्रक भरवे लायक तो हो जावे, हम कहास करवा दै हैं।

केशव—आज चौथ (चतुर्थी तिथि) है, निपट लो गोटन में चलने।

कुछ लोग—केशव! अच्छी खबर करा दई, हम तो भूलेई हते।

रात को सब लोग खाती बाबा के चूबूतरे पर इकट्ठे हुए।

पुजारीजी चबूतरे के ऊपर खाती बाबा की पिंड़ी के सामने बैठ गए।

पुजारी—केशव वैसांदर (अग्नि) लिया।

केशव ने पास में जल रहे अलाव से दो कंडियों (गोबर के उपले) में दबाकर कुछ आग के कोयले सँभालकर उठाए और खाती बाबा के चबूतरे पर पिंडी के सामने रख दिए। और चबूतरे से नीचे उतर आया।

पंडितजी ने अग्नि में घी डाला और नारियल की पूजा करके नारियल फोड़ा। सारे लोग नारियल लाए थे, जो सबने पंडितजी को दे दिए।

पंडितजी—शुरू करो काय बैठे, गाओ··· मेहरवान ने ढाँक (डमरू के आकार का बुंदेली वाद्य यंत्र, जिसमें पीतल के घुँघरू लगे होते हैं) अपने दौनौं पैर के पंजों पर फँसाई और एक लकड़ी से बजाना आरंभ किया। धीरे-धीरे कुछ लोगों ने गोटें गाना शुरू किया, लगभग आधा घंटा बाद बड़े जोर-शोर से गोटें आरंभ हो गई।

अचानक एक व्यक्ति ने जोर से आवाज लगाई—जै काली और जमीन पर अपनी जगह उछलने लगा। उस व्यक्ति का पूरा शरीर काँप रहा था। उसने हिलते-हिलते अपना कुरता उतार फेंका और अपनी साफी से पगड़ी बाँधता हुआ, उछलते-उछलते खाती बाबा के चबूतरे पर पहुँचा, उसने खाती बाबा के सामने माथा टेका, फिर बगल में बैठे पंडितजी के पैर छुए और जनता की ओर मुखातिव होकर बोला सब पंचन खों राम-राम।

सब उपस्थित लोगों ने दोनों हाथ जोड़कर राम-राम की और 'खाती बाबा की जय' के नारे लगाए।

उस जगह दो मशाल जल रही थीं दो लालटेन थीं और एक तरफ लकड़ी कंडों का अलाव जल रहा था। रोशनी की इतनी ही व्यवस्था थी।

गोटें बड़े जोर-शोर से गाई जा रही थी। उसी स्पीड से ढाँक बज रही थी। सब लोग गोटों की मस्ती के रंग में डूबे थे।

खाती बाबा के धुल्ला (जिसको खाती बाबा की सवारी आई थी) बोले—कओ पंचों, का हाल है?

एक व्यक्ति बोला—बब्बा पानी तो बरसई नई रओ, सबई उन्होई (गेहूँ की फसल) सूखने लगी है। कैसो का होने है?

धुल्ला—चिंता जिन करो, पानी बरस है, उन्हाई खौं सूखन न दै हो।

केशव—बब्बा महराज मोड़ा बीमार है, कछु फायदा नई हो रओ, बताओ का करें? भूल-चूक माफ करिओ, मोड़ा खो ठीक कर दो।

धुल्ला—पंचों सुन लो सब भूल गए मोय तो, कायरे! तैनें कथा बचावे की कई ती सो बचाई, अपनई में भूल गए।

केशव—परेशान हों बब्बा, एन भूल गओ, माफी देओ। जई पूनै खौ बचवा दै हो।

धुल्ला—ठीक है, तो मोड़ा ठीक हो जै है और आनंदी हुइये जा ये कहकर धुल्ला ने सामने जल रही पूजा की अग्नि में से कुछ भभूति उठाई, मुँह से कुछ बुदबुदाया और वह भभूति केशव को दे दी।

केशव ने दोनों हाथ बढ़ाकर भभूति ले ली और चबूतरे पर माथा टिका दिया और बोला—बब्बा क्षमा करियो, मैं कछु नई जानता, निपट गँवार हौ।

इस प्रकार कई लोगों ने खाती बाबा के सामने अपनी-अपनी समस्याएँ रखी। बब्बा के धुल्ला ने सबको विनती के अनुसार आश्वासन दिया। कुछ लोगों की झाड़-फूँक की।

यह क्रम रात भर चलता रहा। रात भर गोटें गाई गईं और चिलम का दौर चलता रहा। लगभग सुबह होने वाली थी, तब धुल्ला ने बोला—और कोऊ है का? अब चलत हो, सब पंचन खो राम-राम और धुल्ला चबूतरे पर माथा रखकर पीछे की ओर उछले और बैठ गए।

एक व्यक्ति ने उनके कपड़े दिए। धुल्ला ने कपड़े पहन लिये। रातभर जितना प्रसाद चढ़ाया गया था, पंडितजी ने सबको बुला-बुलाकर बाँट दिया। सब लोग साज-सामान बटोरकर गाँव की ओर चल दिए। गाँव आकर सब अपने दैनिक कार्यों में लग गए।

□

मिच्चू दादा इसी गाँव के रहने वाले थे। गाँव में इनका पैतृक घर था, खेती की जमीन थी, जिसमें वे खेती कराते थे। फसल तैयार होने पर वे एक दिन के लिए आते और बटाईदारों से अपनी उपज का हिसाब कर लेते थे। अपना हिस्सा गाँव के मकान में रखवा देते थे। जब बाजार भाव ठीक होता, तब वे अपनी उपज बाजार में ले जाकर बेच देते थे।

मिच्चू दादा ने गाँव के लड़ाई-झगड़े तथा नारान सेठ की दुश्मनी से बचने के लिए गाँव में रहना छोड़ दिया था। वे जब भी गाँव आते,

साथ में चार-पाँच आदमी लेकर आते थे, जिससे कोई उनको नुकसान न पहुँचा सके।

मिच्चू दादा के परिवार में दो लड़के और एक लड़की, उनकी पत्नी, जिसका नाम सरिता था, उनके साथ कस्बे के मकान में रहते थे। कस्बे में एक बाड़ा था, जिसे वे कारोबार के लिए उपयोग करते थे। कस्बे का सारा काम भैयालाल देखता था।

कस्बे में एक लड़कों का स्कूल था, जो हाई स्कूल तक ही था। इसके आगे पढ़ाई करने के लिए शहर जाना पड़ता था। मिच्चू दादा के बच्चों की प्राइमरी की पढ़ाई गाँव के ही स्कूल में हुई थी। इसके बाद कस्बे के स्कूल में दोनों लड़के हाईस्कूल के बाद शहर में पढ़ रहे थे। उस समय लड़कियों को बाहर पढ़ने नहीं भेजा जाता था। ज्यादा-से-ज्यादा कक्षा 5 तक या फिर सुलभ हुआ तो कक्षा 8 तक ही लड़कियों को पढ़ाया जाता था, वो भी सभ्य तथा समाज में बड़े, धनवान व्यक्तियों की लड़कियों को, अन्य सामान्य जन-मानस इस बारे में सोचने की स्थिति में नहीं था। सारे गाँववालों की लड़कियाँ घरेलू कामकाज और खेती में हाथ बँटाती थीं। बड़ी होने पर अच्छा लड़का देखकर उनका विवाह कर दिया जाता था। विवाह करते समय लड़के का परिवार व खेती-बाड़ी देखकर विवाह तय कर देते थे। विवाह के समय सारा गाँव मिलकर धन-धान्य इकट्ठा कर विवाह कर देते थे। स्कूलों में मई-जून माह में गरमियों की छुट्टियाँ हो गई थीं। स्कूल की सारी कक्षाओं के वार्षिक परिणाम घोषित हो चुके थे। मिच्चू दादा के दोनों लड़के अपने घर आए थे। बड़ा लड़का सुभाष साइकिल लेकर कस्बे में घूमने निकला था।

रास्ते में उसकी साइकिल एक अन्य लड़के से गलती से टकरा गई। वह लड़का कहीं से तेजी से भागता आ रहा था। हड़बड़ी में वह साइकिल से टकरा गया और गिर गया। सुभाष भी मय साइकिल के गिर गया, लेकिन सँभल गया। सुभाष को कोई चोट नहीं आई, परंतु उस लड़के के

घुटने तथा कोहनी में खरोंच आ गई थी। सुभाष ने सँभलकर साइकिल एक तरफ खड़ी की और उस लड़के से पूछा—कहीं लगी तो नहीं? क्यों भाग रहे थे सड़क पर?

लड़का—देखकर नहीं चल सकते, बड़े साइकिल वाले हो!

सुभाष—ठीक है भाई, चलो दवाई लगा देते हैं मैं तो आराम से जा रहा था, तुम्हीं भाग रहे थे, अचानक सामने आ गए और साइकिल से टकरा गए, मैं क्या करता? मेरी गलती नहीं है, फिर भी मरहम-पट्टी करवा देता हूँ। गलती हो जाती है। कोई बात नहीं ।

लड़का—(उजड्ड टाइप का गुस्सैल लडका था) एक तो मोय पटक दऔ, ऊपर से सान बता रऔ बडौ, आओ पट्टी करवावे बारे, रुक अवै बुलाउत सबखों।

वहाँ कुछ भीड़ इकट्ठी हो गई थी। भीड में से कुछ लोग लड़के को समझाने की कोशिश कर रहे थे।

एक व्यक्ति—चल बेटा गिर परे तो का हो गओ, एसो तो होतई रहत है। जामें सुभाष की गलती नइयाँ। चलो अब दोउ जनै घर जाओ।

भीड़ में से एक लड़के ने, जो टकराने वाले लड़के का पड़ोसी था, उसके घर जाकर बता दिया कि तुमहारे लड़के की लड़ाई हो गई।

असल में वह टक्कर होने के बाद आया था। उसने सिर्फ बाद विवाद सुना था, असलियत का पता उसे नहीं था।

देखते-ही-देखते वहाँ उस लड़के के घर वाले पाँच-छै आदमियों सहित डंडे लेकर आ गए और विवाद करने लगे। इधर मिच्चू दादा के घर पर किसी ने खबर कर दी कि सुभाष की लड़ाई हो गई है।

मिच्चू दादा—भैयालाल जाके देख तो का भऔ, कहै तो मैं चलूँ।

भैयालाल—अरे नई दद्दा, घरै बैठो मैं देखत जाखें का है?

भैयालाल निहत्था ही घटना वाले स्थान की ओर भाग चला।

घटना स्थल पर पहुँचकर भैयालाल ने सुभाष को हाथ पकड़कर पूछा-भैया का हो गओ?

सुभाष ने भैयालाल को सारी घटना बताई।

भैयालाल—को है रे? खुदई साइकिल सें आकें टकरा गओ और अब उल्टो लडवे खो ठाँड़ौ।

लड़का—जे देख कें नई चला सकत साइकिल? चलावो आउत नइयाँ लैके चले साइकिल।

भैयालाल—(सुभाष को पीछे करते हुए) काय तेई फूट गई ती का?

लड़के का बड़ा भाई—का कै रओ रे कै फूट गई ती? तेई हुइये फूटी।

दूसरे पक्ष के लोग लड़ाई पर आमादा हो गए।

भैयालाल—सुभाष भइया साइकिल लैके घरे जाओ, मैं थोड़ी देर में आउत हो।

सुभाष साइकिल लेके घर की ओर चला गया।

भैयालाल—अब बताओ का परेशानी है? उनमें से एक व्यक्ति बड़ा सा डंडा लेकर भैयालाल की ओर लपका।

व्यक्ति—मैं बताउत का चाहत। वह डंडा ऊपर उठाकर भैयालाल को मारने के लिए बढ़ा।

भैयालाल ने आगे बढ़कर उसका डंडा बीच में ही पकड़ लिया और एक झटके में उसका डंडा छीन लिया।

डंडा चलते देख दूसरे पक्ष के लोग भैयालाल पर डंडे से वार करने के लिए आगे बढ़े। भीड दूर से तमाशा देख रही थी।

पाँच-छह आदमियों को डंडा लेकर अपनी ओर बढ़ते देख भैयालाल ने ऐसा डंडा घुमाया कि सब पीछे को हो गए जिसमें डंडा लगा, वो जमीन पर गिर पड़ा। डंडा घुमाते-घुमाते भैयालाल एक-एक कर सब लोगों को मारने लगा, सारे विपक्षी जमीन पर ढेर हो चुके थे। कुछ भाग गए थे।

भैयालाल—आ जाओ कोउ और होवे तो, सब खों समझा दै हों। जबरदस्ती लड़बे खों बैठे। का समझ लओ, सब सुन लो अब काउने मैया तन हेरो, तौ आँखें खैंच लै हों। भलाई को जमानो नइयाँ।

कुछ लोग भैयालाल की तरफदारी करने लगे। साँची कै रये भैयालाल, जे ऐसेई मानत, लातन के भूत बातन से नई मानत। ठीक करो, अब काउसे न लरहै।

एक व्यक्ति—मैं बड़ी देर से समझा रऔ तो कै भैया, घरै जाओ, लडाई में का धरो, भले घर के लरका बारे हौ। पर वे तो बीच गैल में लगे लरवे खों।

भैयालाल—अब मैंने अकल ठिकाने लगा दई, जौनों याद रैहै, काउसै न लरहैं।

सुभाष साइकिल लेके घर पहुँचा तो मिच्चू दादा ने पूछा—का हो गओ तो? सुभाष?

सुभाष—कछू नई, एक लड़का कउँ से भगत आओ और साइकिल से आके टकरा गओ। मैंने वाय उठाओ और पूछी काय भग रये सड़क पै उल्टे सीधे?

खुदई आकै टकरा गऔ और उल्टो उचड़न लगौ सब जनै देख रये ते, मेरी गलती नई हती, सबने समझावे की कोशिश करी, लेकिन वौ नई मानो, घर के सब जनै आ गए ते डंडा लैके।

इतने में भैयालाल पहुँचता है।

भैयालाल—वे तो मारवे खो उतारू हते। वौतौ मैं ठीक मौका पै पहुँच गऔ और सबखों सई कर दऔ। अब दवा दारू करा रये हुइये।

सुभाष की माँ—बेटा! लगी करी तो नइयाँ? जौ कस्बा है इतै सब ढोर बसत है।

भैयालाल—मैंने जइसे भइया खो घरै पहुँचा दऔ तौ। मैं मैया खों बचाउतो कै उन्हें सबक सिकाउतो।

सुभाष की माँ—नौकरानी सै रज्जो चूल्हे पै दूध उबाल दै, वामे हल्दी और गुर डार दिए। दे तो दे एक-एक गिलास दोऊ जनन खो।

भैयालाल हाथ जोड़कर बोला—नई मताई मोय जरूरत नइयाँ। भैया खो जरूर दे दो। मैं तो आपकी कृपा से ऐसेई ठीक है।

सुभाष की माँ—पीलै चुपचाप, नई अब मैं लट्ठ उठा हो और दो जमा हो करहाई (कमर) में अगर नखरे करे तो।

भैयालाल—एन जमा लो लट्ठ, पर मैं दूध ना पी हों।

सुभाष की माँ—दे दै रज्जो, पकर गिलास और पी लै चुपचाप।

भैयालाल चुपचाप गिलाश ले के जमीन पर बैठकर दूध पीता है और उठकर गिलास धोकर रज्जो को दे देता है।

सुभाष की माँ—काय भैयालाल तैं का जा घर से अलग है रे? ऐसो न समझिए नई दो घमूसा (मुक्का) जमा दै हों।

भैयालाल—आपई माई-बाप हो, आपइ कौ दऔ खारये। नई जा गरीब को जाने का होतौ।

भैयालाल के पिताजी इनकी खेती किया करते थे। वो बड़े सीधे-सादे व्यक्ति थे, लेकिन मेहनती और ईमानदार थे। उनके समय में दादा को कभी खेती की ओर से शिकायत करने का मौका नहीं मिला था। दोनों पति-पत्नी निहायत ईमानदार थे। भैयालाल जब छोटा था, तब उसके पिता को खेत में एक साँप ने डँस लिया था। तमाम झाड़-फूँक कराई, लेकिन कोई फायदा नहीं हुआ और वे भैयालाल को छोटा ही छोड़कर चल बसे।

भैयालाल की माँ अकेली हो गई थी। उसने कुछ साल काम किया। एक बार वह ऐसी बीमार पड़ी कि फिर उठी ही नहीं, भैयालाल बिल्कुल अकेला हो गया था मिच्चू दादा भैयालाल को अपने साथ बबीना ले आए। भैयालाल मिच्चू दादा के घर पर ही छोटे-मोटे काम करता हुआ बड़ा हो गया। आज वह खासा हट्टा-कट्टा जवान था।

भैयालाल बहुत बहादुर और अपने माता-पिता की तरह मेहनती और ईमानदार था। आज वह दादा का दाँया हाथ था। घर-बाहर के लगभग सभी काम वही देखता था। मिच्चू दादा उसकी वजह से काफी राहत महसूस करते थे।

भैयालाल लाठी चलाने में माहिर था। यह कला भगवान् की देन थी।

जब वह लाठी चलाता था तो उसका चैलेंज रहता था कि चाहे गोली मार दो, जब लाठी चल रही होगी तो बंदूक की गोली भी उसको नहीं लगती। इतनी तेज लाठी चलाता था कि उसकी लाठी दिखती नहीं थी। उसके चारों तरफ एक सुरक्षा चक्र सा बन जाता था। उसके पास लाठी हो तो उसका कोई बाल-बाँका नहीं कर सकता था।

□

नारान सेठ शहर के रहने वाले थे। उनका असली नाम नरायण दास अग्रवाल था, लेकिन सब उनको नारान सेठ कहकर पुकारते थे। वे साहूकारी का काम भी करते थे। अग्रवाल (बनिया) होने के कारण उनको सेठ कहा जाता था। सेठजी अच्छी कद-काठी के करीब 6 फीट लंबे तथा तंदुरुस्त शरीर के थे। पेट थोड़ा बढ़ा हुआ था, जो कि सेठ लोगों की निशानी होती है या यूँ कह सकते हैं कि खाते-पीते संपन्न घर की निशानी थी। उनका व्यक्तित्व रौबीला था। आवाज भारी थी। बोलचाल में मधुर थे। उनका स्वभाव सहयोगी था। कोई गाँव वाला उनके पास किसी काम से जाता तो वह उसका हमेशा सहयोग किया करते थे। रुपया-पैसा की उधारी किसी वस्तु या जमीन को गिरवी रखकर करते थे।

पैसा मय ब्याज के चुका देने पर वे उस व्यक्ति की सामान या जमीन जो भी गिरवी रखते थे, वापस कर देते थे। वे नीयत के साफ थे। सपने में भी किसी का बुरा नहीं चाहते थे।

शहर में ही उनका मकान था उनकी संतान में दो लड़के तथा दो लड़कियाँ थीं। एक लड़का और एक लड़की की शादी हो चुकी थी। एक लड़का और एक लड़की अभी पढ़ रहे थे। लड़कों में से किसी को भी पत्ती के ठेके के काम में रुचि नहीं थी। बड़ा लड़का शहर में ही पसरठ की दुकान चलाता था। दुकान अच्छी चलती थी। जिसका कारण लड़के का व्यवहार था। उसकी दुकान पर मोल-भाव नहीं होता था। सामान फिक्स रेट पर मिलता। सामान की क्वालिटी भी अच्छी होती थी। सामान साफ-सुथरा, बीना हुआ होता था।

नारान सेठ पिछले कई वर्षों से पत्ती के ठेके का काम करते थे। इसी ठेके से धीरे-धीरे उन्होंने अपनी संपत्ति बनाई थी। वे उसी धंधे में रमे हुए थे। पहले नारान सेठ ही अकेले ठेकेदार थे। मिच्चू दादा को पत्ती का काम आरंभ किए कुछ वर्ष ही हुए थे। लेकिन अब वे भी ठेकेदारी में पारंगत हो गए थे। दोनों में प्रतिस्पर्धा चलती थी। मिच्चू दादा का भाग्य साथ दे रहा था। वे धीरे-धीरे ठेकेदारी के काम में आगे बढ़ रहे थे। जो नारान सेठ को खटकता था कि कहीं ऐसा न हो कि एक दिन मिच्चू पूरे ठेके पर कब्जा कर ले और हमें कुछ ना मिले। इसीलिए वे उसे कमजोर करने के लिए तरह-तरह के प्रयास किया करते थे।

लगभग 15 गाँवों में इन लोगों का कारोबार चलता था। हर गाँव में दोनों ठेकेदारों के अलग-अलग फड़ होते थे। प्रत्येक फड़ का एक मेट (मैनेजर) होता, जो फड़ का पूरा काम देखता था। रोज दिन में, अधिकतर शाम को गड्डियाँ खरीदना उनका हिसाब कॉपी पर लिखना और सबका भुगतान करना इनका काम था। जो गड्डियाँ लाते थे, उन्हीं से गड्डियाँ फड़ में सूखने के लिए फैलाने को कहा जाता था। यही सब लोग गड्डियाँ सूखने पर झालों में भरकर सूजे से झालों का मुँह सिलकर बंद कर देते थे।

एक दिन मंशाराम गड्डियाँ जमा कर रहा था, उसने रामकली की गड्डियाँ गिनी और ढेर में सरका दी। रामकली अपनी माँ दुरगिया के साथ आई थी। मंशाराम ने गिनती के हिसाब से दुरगिया को पैसे दिए। उसके बाद तुलसिया की गड्डी गिनने लगा। अचानक रामकली मंशाराम पर चिल्लाई—

रामकली—काय भैया, कितते पैसा दिए ?

मंशाराम—जिती गड्डियाँ हती उतने पैसे दिये।

रामकली—जे तो कम हैं।

मंशाराम—गिन ठीक से, पूरे चार रुपैया हैं।

रामकली—साढ़े चार होत हैं।

मंशाराम—अरे सई हैं, काय हल्ला मचा रई।

रामकली—दश गड्डी के पैसा कम हैं।

मंशाराम—वे गड्डी बेकार हैं।

रामकली—तो वापस कर दो हमें। नई तो पूरे पैसा दो। जा बात ठीक नईया, रोज गड्डी कम कर देत।

मंशाराम—मताई (माँ) से पूछ लै, ठीक है।

रामकली—रोज गड्डी कम कर देत। जइसै आज मैं संगै आई। रोज गड्डी गिनकै पहुँचाउत। रोज पैसा काम कर देत। मताई का जाने, बा तो सीधी-साधी है, जो दै देत, सो घरै लै जात।

मंशाराम—काय मौ चला रई?

रामकली—मौ काय न चलाऊँ। दिन भर घाम (धूप) में पत्ता टोरत, घरै आकै गड्डी बनाउत, फिर फड़ पै दैवे आउत, कित्ती मेहनत करत! और तुम हौ कै पैसा काट लेत!

मंशाराम—हओ उठा ले अपनी गड्डी और लै जा।

रामकली—तुम तो पैसा दे दो, अब ढेर में कैसे ढूँढ़े अपनी गड्डी, सब ढेर में मिला दई? गड्ड-बड्ड हो गई। अब कै रये ढूँढ़ लो। पैसा पूरे देओ, नई तो काल सेठ के फड़ पर जै है गड्डी लैके। तुम परेशान करन लगे।

मंशाराम—पैसा देता है। लै अपने पैसे, बड़ी पैसा बारी, सुन दुरगिया, जा मौड़ी खों लुआ खै न आवौ करो। जा तो घर पै ही ठीक है। भगवान् जाने ससुराल मै कैसे रै है? चुटिया खैंच है सास की।

रामकली—का कै रयै दूसये (दुबारा) कइयो।

मंशाराम—कछू नई कै रये, भुमानी माफ कर दै। अब हिसाब हो गऔ, घरै जा।

दुरगिया—रामकली, चल बेटा, भौत (बहुत) काम करने अबे, चल संजा हो गई।

दोनों अपनी खाली पोटली लेकर चली जाती हैं।

एक औरत—काय मंशा भइया ? हमई जो गड्डी काढ़ देत, उनके भी पैसा दे दो। हमसे का बुराई है ?

मंशाराम—अरे भौजी, हल्के पत्तन की गड्डी नई लई जात, वो तो मौड़ी-हल्ला मचा रई, ती सो मैंने पैसा दे दये। बाकी मताई अच्छे पत्ता ल्याउत है। एक दिन पैसा दै दये सो का होत, रोज तौ अच्छी गड्डी मिल जात।

मंशाराम जानता था कि छोटी-मोटी बातों से अपने फड़ के पत्ता वारेन से बुराई करवे में नुकसान ही है। कुछ भी ऐसा काम न हो, जिस्से पत्ती बारे दूसरे फड़ पै चले जावें, पत्ती कम आन लग है तो दादा खो का जवाब दै हों ?

मंशाराम अपना काम ईमानदारी से करता था। वह मालिक का वफादार भी था। इस फड़ से जितनी पत्ती इकट्ठी होती थी, उतनी किसी गाँव के फड़ से नहीं होती थी। मंशाराम फड़ की इज्जत खराब होने से डरता था। अगर गाँव वाले दूसरे फड़ पर चले गए तौ धंधों चौपट हो जैहे। मंशाराम सबका स्वागत-सत्कार करता है। उसके पास हमेशा तंबाकू का स्टाक रहता, जो भी आता, उसे इज्जत देता, चिलम-पानी आदि पिलाता। सबसे कुशलक्षेम पूछता। अगर किसी को कोई परेशानी हो तो यथासंभव उसकी सहायता करता। सबको सही सलाह देता था। इसी व्यवहार के कारण गाँव के तथा कुछ आसपास के ग्रामीण भी अपना माल (पत्ती) उसी के फड़ पर लाते थे।

मंशाराम की गाँव में खेती भी थी। वह अपनी पत्नी व बच्चों के साथ खेती का काम करता था। पत्ती के मौसम में वह अपनी खेती परिवार के सदस्यों पर छोड़ देता था। इन दिनों वह ज्यादा समय मिच्चू दादा के फड़ पर देता था। वह पढ़ा-लिखा तो कम था। मगर दिमाग से होशियार था। पत्ती का सारा हिसाब लिखना। मिच्चू दादा को हर महीने वह पत्ती का हिसाब उनके घर जाकर समझा आता था। महीने में कितनी कुल पत्ती आई, उसकी कितनी कीमत दी और

दादा ने महीने में कुल कितने पैसे दिए थे, इन सबका हिसाब अपने पास रखता था। दादा उसे महीने के हिसाब से वेतन देते थे, जिसे वह जोड़ता जाता था। गाँव में उसे सब एक अच्छे ईमानदार व्यक्ति के रूप में जानते थे। उसकी खेती से इतनी पैदावार हो जाती थी कि उसमें उसके सारे खर्चे पूरे हो जाते थे। उसे किसी के सामने हाथ नहीं फैलाने पड़ते थे।

□

गाँव के मुखिया श्यामलाल का गाँव में अच्छा प्रभाव था। सब गाँव वाले उनका आदर करते थे। मुखिया के बड़े लड़का की दो वर्ष पहले शादी हुई थी। मुखिया ने बड़े धूम-धाम से लड़के की शादी की थी। जिसका वर्णन आज भी गाँव वाले बड़ी शान से करते थे। गाँव में रात्रि में खाना खाकर सब लोग गाँव की अथाई (गाँव में मकानों के बीच बड़ा-सा स्थान, जो अधिकतर मुखिया के दरवाजे पर होता था) में बैठे कौंढ़े (अलाव) पर ताप (आग सेंकना) रहे थे।

रघुवीर—सुनाओ भैया कछु, सबई शांत काय बैठे?

लालाराम—का बताए, हमये तो सब ढोर छुटा (दूध देना बंद कर देना) गए, बाल-बच्चन खो भी दूध नई मिल रओ।

ब्रजलाल—काय भैया सुनी है, मुखिया खो नाती भऔ है।

लालाराम—सुनी का? साँची है, सब गाँव को खबर है। तुमई खौं नई पतो?

ब्रजलाल—चार दिना बाद दस्टौन मना रये।

ग्रामीण—पतो चलौ है कि आसपास के गाँव खों नेवते दै रये और खूब धूम-धड़ाका से दस्टौन मना रये।

ग्रामीण—फिर तौ खूब मिठाई छनने।

ग्रामीण—सुनी है घुरवा (घोड़ा) बारे आ रये।

वे अपने घुरवा नचा है, मुखिया सब खों टीका करहैं।

खूब बंदूकें चलनें।

लालाराम—अरे भइया, राई सोई होने का?

दस्टौन के दिन पूरे गाँव में चहल-पहल थी। सारे गाँव वाले आने वाले कौतूहल के बारे में सोच-सोचकर रोमांचित हो रहे थे। मुखिया के घर पर दो दिन से चक्कियों पर शक्कर पीसी जा रही थी। घर चारों ओर से सजाया गया था। दरवाजों पर आम के पत्तो से बने वंदनवार लगाए गए थे। रंग-बिरंगी पतले कागज की तिकोनी झंडी बनाकर उनको आटे को पकाकर बनाई गई लेई से सुतली पर चिपकाकर लंबी-लंबी सुतली लकड़ी के खंभे जगह-जगह गाड़कर उन पर बाँधी गई थीं। इन झंडी लगी सुतलियों को चारों ओर बाँधकर घर सजाया गया था। आसपास के गाँवों से कुछ लालटेन मँगाई गई थी जिनके काँच साफ कर उनमें मिट्टी का तेल भरकर तैयार की जा रही थीं। कस्बे से चार गैस की बत्ती मँगाई गई थीं। गैस की बत्ती के काँच साफ कर उनमें नए मैंटल (मैंटल रेशम की तरह के धागे से बनी एक थैली-सी होती थी, जिसको गैस बत्ती में बाँध दिया जाता था। जो बत्ती में गैस भरने पर गोल होकर जलता था) बाँधकर हवा भरकर, जलाकर रखी गई थी। इन गैस की बत्तियों (अंग्रेजी में पैट्रोमैक्स) से काफी अच्छी रोशनी होती थी, लेकिन ये बत्तियाँ किसी अमीर आदमी के घर पर ही मिलती थीं, जिन्हें विशेष अवसरों पर ही प्रयोग किया जाता था। एक मैंटल एक बार ही प्रयोग होता था। जलाने पर वह तेज रोशनी करता था और राख बन जाता था, जो थोड़ा-सा हिलने-डुलने या तेज हवा लगने से टूट जाता था।

मुखिया के समधी की ओर से लगभग बीस व्यक्ति आए थे। उन्हें गाँव के एक बड़े से मकान में ठहराया गया था।

मुखिया के घर के सामने बने बड़े चबूतरे पर लड़के की ससुराल पक्ष से लाया गया सामान रखा गया था। सामान में गेहूँ, चावल, दाल पापड़, दाल की बड़ी, घर वालों को कपड़े, लड़के बहू, मुखिया, मुखिया की पत्नी को सोने के गहने आए थे। छोटे बच्चों को खिलौने थे। इन सबको देखकर गाँव वाले मुखिया के समधी की सराहना कर रहे थे।

गोपाल—काय लालाराम, साँची बात है। मुखिया के समधी दमदार हैं। बड़े आदमी हैं।

लालाराम—हाँ और का, मुखिया से बीसई हुइये। चार-पाँच गाँव में साहूकारी है। बड़ी खेती है। बाड़े में खूब भैंसे, गैया हैं।

गोपाल—बहुत अच्छो पच आओ है। एसो पैले कबऊ नई देखो। सब ससुराल वालों का स्वागत-सत्कार किया गया। सबको सरबत पिलाया गया। दौने में गुड़ और उसके ऊपर ढेर सारा घी डालकर दिया गया। उस समय मिठाई नहीं बनती थी, गुड़-घी से ही स्वागत किया जाता था।

सब पच लाने वालों को मुखिया के द्वारे बुलाया गया। घर के सामने सब ग्रामीण जमीन पर बिछे फर्सों पर बैठ गए। मेहमानों को चबूतरे पर बैठाया गया। उस चबूतरे पर अच्छे चादर बिछाए गए थे। दो घोड़े वाले भी आए थे।

घोड़े वालों ने अपने-अपने घोड़ों को नचाना आरंभ किया। दोनों घोड़े अपने मालिक के इशारों पर नाच रहे थे। ऐसा लग रहा था मानो घोड़ों में प्रतियोगिता हो रही हो। गाँव वाले खूब आनंद ले रहे थे। मुखिया के समधी ने आवाज लगाई।

समधी—गुलाब सिंह आ जाओ मैदान में, करन सिंह कहाँ है, हो जान दो!

गुलाब सिंह व करन सिंह बंदूक वाले थे, वे अपनी बंदूकें लेकर आगे आ गए। दोनों ने अपनी-अपनी बंदूक में बारूद डाली और सूखे गोबर (कंडा) के कुछ टुकड़े नाल में डालकर लोहे की रॉड से उसको धाँसा (कूटा), फिर घोड़ा चढ़ाकर उस पर पीतल की टोपी चढ़ाई और बंदूक आसमान की ओर करके चला दी। इस प्रकार दोनों लोग अपनी-अपनी बंदूकें चलाते रहे। घोड़ों का नाच और बंदूकें चलाने का कार्यक्रम लगभग एक घंटा चला। इसके बाद मुखिया समधी पक्ष की ओर आए और हाथ जोड़कर समधी से बोले।

मुखिया—खाना को टैम होगओ, सो सब लोगन कौ खाना खाबे खो चलवो होवे।

सारे मेहमान घर के अंदर बड़े से आँगन में खाना खाने पहुँचे। पहले सबके हाथ-पैर धुलाए गए, फिर पंगत शुरू हुई।

मुखिया ने विंदे को बुलाया।

मुखिया—विंदे पंगत बैठारो, और सब देखें रइयो। कछू कमी न होने पावे।

विंदे—हओ, मुखियाजी, अवै लो।

विंदे ने बाहर सब लोगों को खाना खाने के लिए बैठने को कहा। सब लाइन से बैठ गए।

विंदे—लालाराम पातरें, दोना परसवाओ। सबको पत्तल-दोना परसे गए। पीछे से एक आदमी दोना-पत्तलों पर पानी छिड़क रहा था। पानी पीने का बरतन (लोटा) सब लोग अपने-अपने घरों से लाए थे।

बाहर काफी लंबी पंगत बैठी थी। सबको दाल-चावल, सब्जी-रोटी, आचार व कढी परोसी गई। मिठाई के रूप में एक दोना में पिसी हुई शक्कर परोसी जा रही थी। उस शक्कर में खूब सारा देशी घी डाला जा रहा था। जब तक खाना खाने वाला मना नहीं करता, घी परसने वाला घी परसता रहता था। सब घी-शक्कर मिलाकर खा रहे थे। इसके बाद पापड़ और बड़े परोसे गए।

लालाराम ने आवाज लगाई—दिस्सू पानी परसवाओ।

दिस्सू ने कुछ लड़कों से कहा—पानी ले लो। आठ-दस लड़के पानी परोसने लगे। मुखिया ने पंगत में चक्कर लगाया और सबसे पूछा—खाना कैसो बनो है ? सब लोगों ने कहा—मुखिया जू भौतई बढ़िया। का कैनें साँचई बढ़िया बनौ है।

सब लोग आनंद लेकर खा रहे थे। परोसने वाले मन लगाकर परोस रहे थे।

बुंदेलखंड में खासतौर पर पंगत के समय आयोजन के अनुसार गारी (मजाकिया गाना) गाई जाती है। मान्यता है कि बुंदेलखंडी गारी का आनंद लेते हुए पंगत में खाना खाने वाले मेहमान अच्छी तरह से पेट भरकर खाना खाते हैं। गारी उपस्थित मेहमानों का नाम गारी में जोड़-जोड़कर गाई जाती हैं। जिसका अपना ही आनंद होता है।

मुखिया के घर पर भी मेहमानों के खाना खाते समय उनको संबोधित कर गारी गाई जा रही थी। घर के आँगन में गाँव की महिलाएँ ढोलक के साथ रोटी बनाते हुए गारी गा रही थीं।

महिला—सुनियो समधी जी तुमाये लानें ही गारये बुरओ न मानियो, ध्यान लगा के सुनियो।

कुत्ता पाल लेव, ओ मेरे नये समधी, कुत्ता पाल लेओ।
कुत्ते की पूँछ जैसे समधी की मूँछ, तनक ऐंठ लेओ॥
कुत्ता पाल¨
कुत्ता की पीठ जैसे मोटर की सीठ, तनक बैठ लेओ॥
कुत्ता पाल¨
कुत्ता के कान जैसे महोवा के पान, तनक चाब लेओ॥
कुत्ता पाल¨

दिस्सू—ऐ मौड़ बूरा परसो, बूरा।

खाने वाले—बस कक्का, खूब पेट भर गओ।

दिस्सू—अरे बूरा तो लेना पड़े है।

मुखिया घर के अंदर जाते हैं, जहाँ मेहमान खाना खा रहे थे।

मुखिया—बेटा, ठीक से परसो।

परसने वाला लड़का—हओ मुखियाजी।

मुखिया—अरे बूरा ल्या, परस-परस।

मुखिया—घी को लोटा दे, मैं परसो।

मुखिया घी परोसने वाले से घी का लोटा ले लेते है और बूरा परोसने वाले के पीछे घी परोसने लगते हैं।

मुखिया—जबरदस्ती घी परोसते हैं।

मेहमान—अब तो बस करो मुखिया।

मुखिया—कैसे बस करूँ, अबे मेरा हाथ से तो लऔ नइया, लेने पर है। जबरदस्ती दोना में घी परसते हैं इसी प्रकार मुखिया खुद अपने हाथ से मेहमानों को परोसकर खिलाते हैं।

खाना खाने के बाद सब मेहमानों के हाथ धुलाए जाते हैं।

बाहर की पंगत भी उठ जाती है। कुछ लड़के पत्तलें उठाकर दूर बने एक गड्ढे में डालने जाते हैं। पुरुषों की पंगत के बाद महिलाओं को खाना खिलाया जाता है। महिलाएँ अपने छोटे बच्चों को गोदी में बिठाए हुए खाना खाती हैं।

नारान सेठ के फड़ में दिस्सू एक चारपाई पर बैठा था। सामने कॉपी और कलम-दवात थे, जिनसे वह सबका हिसाब लिख रहा था। एक व्यक्ति गड्डियों की गिनती कर रहा था, खराब पत्ते की। छोटे पत्ते, की गड्डियाँ अलग कर दी जाती थीं। दिस्सू लगभग 45 से 50 वर्ष उम्र का वाचाल व्यक्ति था। वह भी इसी गाँव का रहने वाला था।

रामरती—काय भैया आज तो सवईं गउडी काढ दई, का बुराई है मोसे?

गिनने वाला व्यक्ति—जिसे हल्के के नाम से जानते थे।

हल्के—नई मौसी, मैंने बुरई-बुरई काढ़ी। नई तो दिस्सू भैया मोय काढ़ दै है।

रामरती—कोउ नई काढ़ रओ, सही-सही गिनत जा, गिनती न भूल जइए।

दिस्सू—काय रती, कितेक गिनती करने (दिस्सू ने मजाक किया)।

रामरती—तुम अपनी जानो, घरै गिनियो, मोय पैसा दे दो, मैं जाऊँ।

दिस्सू—तोय का करने पैसन को?

मेला जाने का? मेला जाय तो मोय लुवा चलिये, मैं भी मेला देख आहौ, कैसो लगत है। तनक झूला झुलवा दइये।

रामरती—काय मैई मिली मेला लुवा जावे। सुधर जा बूढ़ो हो गओ। बाल-बच्चे बड़े हो गए।

दिस्सू—बाल-बच्चे तो एन बड़े हो गए। अकेलें मैं तो अबै बच्चई हों। तेईसों (तेरी कसम) कवै चलने, बता दे, तैयार रैहों।

रामरती—जब जाने होय सो जइयो, मोय जान दो संजा (शाम) हो गयी, घर को काम निपटाने।

एक लगभग 25 वर्ष की महिला अपनी गठरी सहित प्रवेश करती है। वह बहुत सुंदर नैन, नक्स और सुडौल शरीर की मध्यम कद-काठी की औरत थी।

रामरती—काय फुल्को अवै आरई, देर कर दई।

फुल्को—काम-काज निपटा खे आ पाई। देर तो होई जात। अवै ढोरन की सानी-पानी करने वापस जाकें।

दिस्सू—आजा फुल्को गिनवा लै। रती ने तो गिनवा लई अपनी··· अरे गड्डी।

फुल्को—मेरी न गिन पै हो, रती काकी की गिन लई सो ठीक है।

दिस्सू—काय।

फुल्को—दम चइये गिनवे की। ऐसी वैसी नइयाँ कै चाह कोउ गिन लेवे। जौ हसिया खुरसौ करहया (कमर) में। एकई हसिया को नइया, अवै ढेर हो जै हो। ज्यादा न लफरयाव।

दिस्सू—अरे मताई (माँ) मै तो हँसी कर रऔ तौ, तै तो मरवे-मारवे खों उतारु हो गई। नेकई में बुरओ लग गऔ। ऐसी का कै दई मैंने बोल।

फुल्को—मैं सब जानत, दूध पियत मौड़ी नइयाँ। जई उमर में दुनिया देख लई।

दिस्सू—आजा, खोल गठरी, हल्के गिन तो लै जाकी जल्दी-जल्दी।

फुल्को—तैने फिर वई बात करी।

दिस्सू—अरे गड्डी गिनवा ले, गड्डी जाने काँ की बात, काँ लै जात। हल्के गड्डी गिनने लगता है।

□

मिच्चू दादा सवेरे-सवेरे उठ के दातुन कर रहे थे। भैयालाल अंदर आया बोला—दद्दा, चार-पाँच आदमी आए हैं गाँवन से।

मिच्चू दादा—बैठार पौर में आउत हों मौं धो लऊँ। ऐसी का आफत आ परी सवेरे-सवेरे?

मिच्चू दादा बाहर आते हैं। भैयालाल ने गाँववालों को दरी पर बैठा दिया था। मिच्चू दादा को देखकर सब खड़े हो गए। बोले—दादा राम-राम, सबने दादा के पैर छुये। दादा ने सबको बैठने को कहा।

मिच्चू दादा—काय भैया सवेरे-सवेरे कैसे भगे, का बात है?

धनीराम—का बताए दादा, रातै काउ ने गड्डी की भरी-भराई झालें चोरी कर लई। हमये चारऊ फड़ से कोऊ झालें उठा ले गऔ और हमें पतोई नई चलो। फड़ में ही सोउत रये। सवेरे हम उठे तौ मैदान साफ दिखानो, काल ही तौ झालें भरवाई थी।

दादा—जई कमी रै गई थी। अब सेठ इतेक नीचे गिरगऔ, के झालें चोरी करवान लगौ!

आगंतुक—अब का कैदें दादा को हतौ? आधी रात नो तो सब बैठेई रये, फिर आँख लग गई। सबेरे पतौ चलो सो मैं तुम्हें बतावे भगौ। गैल (रास्ता) में जे औरे मिल गए। इतैई आ रये ते।

भैयालाल—दादा पुलिस में रपोट कर दो।

मिच्चू दादा—पुलिस में तो एक रिपोट कर दें। अकेलें कौन के नाम की रपोट करें, कौनऊ सोड़ पत्तो होय तौ रिपोट करें! ऐसेई थाने चले जाये तो वेई कै हे कैसे मूरख हौ—बताओ कौन ने चोरी करी? काऊ पै शक होय तो बताओ?

आगंतुक—शक का, पूरो खेल वई कौ है, दादा काय खो लगे।

और काऊ खों का लैने अवै सेठ को बाड़ो चैक करा को सब झालें मिल जै हैं।

भैयालाल सब बातें सुन रहा था और मन-ही-मन, अंदर से क्रोध से जल रहा था।

आगंतुक—दादा आज्ञा देव, अब घरै जावें देखें भालें, उतै नई और कछू हो जावे।

मिच्चू दादा—मेरी समझ में पुलिस के कान में डार दें। कऊँ काल के दिना कछू बात हो गई तो दरोगाजी कै हैं, तुमने हमें बताओ ही नहीं हतो।

चारों लोग—जैसो आप ठीक समझो दादा।

मिच्चू दादा—चलो सब जनै चले। तुम बताइयो का भओ। हतो दरोगाजी खो।

सब लोग पुलिस थाने जाते हैं। थाने में सिपाही थे। सब अपने काम में लगे थे।

मिच्चू दादा—दीवानजी, थानेदार साहब है का?

दीवान—बैठो दादा, आओ सवेरे-सवेरे कैसे आवो भओ? मैं थानेदार साहब खो खबर करत हों, वे अंदर है।

दीवान अंदर जाता है और कुछ देर बाद वापस आता है।

दीवान—दादा आ रये थानेदार साहब।

लगभग बीस मिनट इंतजार के बाद थानेदार अंगद सिंह थाने में आते हैं। मिच्चू दादा के साथ सभी खड़े हो जाते हैं और एक साथ थानेदार साहब को राम-राम कहते हैं।

थानेदार साहब सबको राम-राम का जवाब देते हैं वे हाथ से सबको बैठने का इसारा करते हैं, सब बैठ जाते हैं।

थानेदार—दीवानजी पानी पिलाया ठेकेदार साहब को क्या हाल है दादा।

मिच्चू दादा—थानेदार साहब बस घर से ही चले आरये। सब ठीक है।

अंगद सिंह—बताइए ठेकेदार साहब, कैसे आना हुआ?

मिच्चू दादा—आपको तो पता है थानेदारजी कि मैं पत्ती का ठेका लये हो। करीब 20 गावन में पत्ती के फड़ लगवाए हैं। सब ठीक-ठाक चल रऔ तो। इन लोगन ने आज आकै बताई के चार फड़न से पत्ती की भरी भराई झालें कोऊ राते चुरा लै गए। जे सब वहीं पर सोते रहे।

अंगद सिंह—चारों व्यक्तियों की तरफ देखकर—कैसी चौकीदारी करते हो? तुम सोते रहे और कोई आके चोरी करके गया? वो भी पत्ती की झाले! कोई ऐसी चीज नहीं है कि चुपचाप उठाके चल दये, झालें हैं।

दादा, इन लोगों की ही मिलीभगत है, अवै चार डंडा लगेंगे तो तोता से बोलने लगेंगे।

मिच्चू दादा—नई दरोगाजी, चारों बहुत भरोसे के आदमी हैं। जे लोग तो चोरी करवे की सोच ही नहीं सकते।

अंगद सिंह—मिल गए होंगे चोरों से, कुछ-न-कुछ तो साँठ-गाँठ है।

दीवानजी, अंदर करो इनको और जरा कड़ाई से पूछो, सब उगल देंगे।

नाटक कर रहे हैं सब।

मिच्चू दादा को लेने के देने पड़ गए। अब वे चोरी भूल गए थे। उनकी समस्या थी कि अपने वफादार आदमियों को कैसे बचाएँ? इनको थाने लाकर गलती कर दी। ऐसा नई जानते थे कि जा आफत आ जैहै।

मिच्चू दादा—थानेदार साहब, जौ सब नारान सेठ को काम है। वाने पहले भी मुझे मारने की कोशिश की थी। वो तो बच गओ भगवान् की कृपा से। पत्तन की झालें चुराखें कोऊ का करहे? काऊ के किस काम की।

अंगद सिंह—तो बताओ कौन के नाम की रिपोर्ट लिखें? केवल शक के बिना पर तो रिपोर्ट लिखी नई जा सकत, काऊ ने देखो होय तो

बाको नाम बताओ। वाय पकर खैं थाने लिया है और पूछताछ करहे। कै कहीं पत्ती बरामद हो तो उसे पकड़ा जाए।

मिच्चू दादा—देखों तो काउने नइया, नई तो जे लोग बताते। अकेले नारान ही ऐसो काम करवा सकत, जरत है वो ये काम से पूरे गाँवन पर कब्जा करें चाहत।

अंगद सिंह—तो नारान सेठ के नाम रिपोर्ट लिखें? कि उसने आदमी भेजकर चोरी कराई?

मिच्चू दादा पशोपश में थे कि का करो जावै? नारान सेठ की नामजद रिपोर्ट करी तो दुश्मनी और बढ़ जै है। कैवे खों हो जै हे के तुमने हमये नाम रिपोर्ट कराई, मोय चोर साबित कर रये। काफी सोच-विचार के बाद मिच्चू दादा बोले—

मिच्चू दादा—दरोगाजी, नामजद रिपोर्ट नई लिखो। किन्हीं अज्ञात के नाम पे रिपोर्ट लिखवा दो। अब चोरी तो भई है, बात तो साँची है।

अंगद सिंह—दीवानजी, दादा की पत्ती चोरी की रिपोर्ट अज्ञात व्यक्ति के नाम लिख लो और दादा के दस्तखत करा लो।

दीवानजी दिन, समय पूछकर रिपोर्ट लिखते हैं और अंत में मिच्चू दादा के हस्ताक्षर करवा लेते हैं।

दीवानजी—दरोगाजी, रिपोर्ट लिख ली।

दरोगाजी—ठीक है, दादा, हमने रिपोर्ट लिख ली है। आज ही मैं दो सिपाही भेजकर तहकीकात करवाता हूँ। दादा के आदमियों की ओर मुखातिब हो—तुम सब फड़ पर मिलना और सब सही-सही जवाब देना।

मिच्चू दादा—दरोगाजी, राम-राम अब आपई खों देखने, सामान चाय न मिलै, पर अगर चोर पकड़ जै हे तो सब पतो चल जै है कौन की कारस्तानी है? अच्छा राम-राम।

राम-राम करके सब लोग उठकर थाने से बाहर आते हैं और घर की तरफ चलते हैं।

मिच्चू दादा—बच गए, नई आज दरोगाजी तुम लोगन खो बंद करे देते।

धनीराम—दादा, हम तो डरा गए ते। हमई रिपोट लिखावे गए और हमई से चोर कैरये ते। वो तो आपने बचा लओ, नई जाने का हो तो।

रामलाल—दादा मोय तो ऐसो लगत जैसे दरोगाजी खों नारान सेठ ने कछू दै दओ होय। वे उनई की पिच्च (पक्ष) लै रये ते।

मिच्चू दादा—नारान है तो खिलाड़ी, सब गुनन में है। चाय कछू करवा लो। अब का करे, धंधो तो करने। सब होत रत अच्छो बुरऔ। वई को राम भलो कर है।

धनीराम—ऊपर वारो सब देखत, कोउ देखे या न देखे। वाने मन की कर लई।

रामलाल—दुपहर हो गई, जई काम में।

मिच्चू दादा—घरै चलो, सो रोटी खा के जइयो।

दो पुलिस वाले साइकिल से गाँव में जाते हैं। पुलिस आने की खबर पूरे गाँव में फैल जाती है। बच्चे, बूढ़े, जवान सब फड़ की ओर दौड़ते हैं। वहाँ भीड़ लग जाती है। यह इसलिए कि गाँव में पुलिस का आना बहुत कम होता है। छोटे-मोटे गाँव के लड़ाई-झगड़े आपस में सुलह-समझौते से निपटा लिये जाते थे। और जो सुलह-समझौते से नहीं निपटते थे, उनको गाँव के पंच पंचायत बुलाकर निपटा देते थे। पंच जो निर्णय सुनाते, उसे दोनों पक्ष मानते थे। अगर कभी ऐसा होता कि कोई पक्ष पंचों के निर्णय को मानने से इनकार कर दे तो पंच उस पर जुर्माना लगा देते थे। जुर्माना पूरे गाँव के सामने मानना पड़ता था। पंचों को अपराधी को सजा सुनाने का भी अधिकार था, जो अपराधी द्वारा किए गए अपराध के अनुसार होता था। जिसमें कन्या भोज, भंडारा, आर्थिक दंड, किसी मंदिर पर दान और यहाँ तक कि समाज/गाँव से बहिष्कार तक हो सकता था।

उस समय सरपंचों (पाँच पंच होते थे), जो गाँव के तथा पड़ोसी गाँव के भी हो सकते थे, भगवान् के समान दर्जा दिया जाता था।

पुलिस की फड़ पर आवभगत की जाती है। एक खटिया उनको बैठने के लिए बिछा दी जाती है। खटिया पर दरी बिछाते हैं उस खटिया पर पुलिसवालों को बैठाया जाता है। पुलिसवालों का नाम वीरेंद्र सिंह और जगत सिंह था। वे पुलिस की खाकी रंग की वरदी पहने थे। पैरों में बूट थे और हाथ में पुलिसिया डंडा था।

वीरेंद्र सिंह—मंशाराम कौन है ?

मंशाराम—मैं हो माई-बाप। मंशाराम पुलिस के सामने खड़ा हो जाता है।

वीरेंद्र सिंह—तो तू ही मेट है फड़ का ?

मंशाराम—हओ माई-बाप।

वीरेंद्र सिंह—तू ही फड़ का सारा काम देखता है, गड्डी लेकर पैसा देता है।

मंशाराम हाथ जोड़े खड़ा था और हाँ में सिर हिला रहा था।

जगत सिंह—रात में चौकीदारी कौन करता है ?

मंशाराम—पास ही बैठे एक व्यक्ति, जो लगभग साठ वर्ष का है, की ओर इशारा करके कहता है, जे है भगतजी जेई रात में चौकीदारी करत।

जगत सिंह—भगतजी की ओर देखता है। भगतजी डरते-डरते खड़े हो जाते हैं और कहते हैं—मैं करत चौकीदारी माई-बाप।

जगत सिंह—कौन चुरा ले गया झालें ?

कोऊ चुनैटी (तंबाकू खाने वाले अपने पास एक डिब्बी रखते हैं, जिसमें चूना भरा जाता है) तौ है नइया, कै जेब में डाली और चल दिए। कड़क आवाज में—बताओ कल कहाँ थे ?

भगतजी—हैंई हतौ मालिक।

जगत सिंह—हैंई हतौ तो चोरी कैसे हो गई, बताओ ?

भगतजी—आँख लग गई माई-बाप पतौ नई चलौ, कबै चुरा ले गए।

जगत सिंह—थाने ले चलो साले को। थाने में सब साँची-साँची बोलने लगते हैं।

भगतजी—गरीब बादमी हों दरोगाजी (भगतजी ने सिपाही को दरोगा संबोधित कर अपने पक्ष में करने की कोशिश की)। वीरेंद्र सिंह ने कागज और कलम निकालकर कागज पर कुछ लिखा, उस पर वहाँ उपस्थित दो लोगों के अँगूठा लगवाए।

वीरेंद्र सिंह—अभी हम जाते हैं और सब सुन लो, अगर पता चला कि तुम लोगों में से किसी का काम है, तो फिर जेल की रोटी खावे तैयार रहो।

पुलिस वाले जाने को उठते हैं, तभी मंशाराम हाथ जोड़कर कहता है—बड़ी दूर सें आए हो माई-बाप कछू जल-पान हो जाय और एक व्यक्ति की और इशारा करता है—ल्या रे, जल्दी-जल्दी आ। वह आदमी थाली में गुड़ लाता है और वीरेंद्र सिंह व जगत सिंह के सामने खटिया पर रख देता है और पीछे हटकर खड़ा हो जाता है। दूसरा व्यक्ति एक बड़ा-सा लोटा लेकर आता है, जिसमें छाछ होती है, वह दोनों हाथ बढ़ाकर लोटा वीरेंद्र सिंह को दे देता है।

वीरेंद्र सिंह और जगत सिंह पहले गुड़ खाते हैं, फिर लोटे से छाछ पीते हैं। दोनों उठकर चलने लगते हैं।

मंशाराम—अगर तनक रुकते तो जल्दी रोटी बनवा लेते, रोटी खाके जाते माई-बाप।

वीरेंद्र सिंह—अभी दूसरे गाँव भी जाना है। खाना खाने को टैम नहीं है।

गाँव की भीड़भाड़ धीरे-धीरे छँटने लगती है। कुछ लोग पुलिस के सिपाहियों पीछे-पीछे जाते हैं, लेकिन डरते हुए दूरी बनाए रहते हैं। बच्चे भी पीछे भागते हैं। जब तक दोनों पुलिस कॉन्स्टेबल आँखों से ओझल नहीं हो जाते, ग्रामीण उन्हें देखते रहते हैं।

पुलिस इस तरह हर गाँव में जाती है और पूछताछ की खानापूर्ति करती है। दरोगाजी को पता था कि चोरी नारान सेठ ने करवाई है, लेकिन पुलिस के हाथ न तो कोई सुराग लगा, न ही कोई गवाह मिला।

पुलिस नारान सेठ के गोदाम पर भी जाँच करने गई।

नारान सेठ के गोदाम में पत्ती बहुत कम मिली। सेठ ने अधिकतर पत्ती फैक्टरी में पहले ही भिजवा दी थी।

चोरी की वारदात को लगभग 6 दिन हो चुके थे, लेकिन पुलिस किसी निर्णय पर नहीं पहुची थी। भैयालाल का समय बड़ी मुश्किल से कट रहा था। दिमाग में एक अजीब कशमकश थी। उसे अपने आप पर गुस्सा आ रहा था कि मेरे होते हुए दादा की झालें चोरी हो गई और मैं कुछ न कर पाया! यह बात उसे अंदर-ही-अंदर खाए जा रही थी।

एक रात उसने आव देखा न ताव, चुपचाप एक कट्टिया तेल (मिट्टी का तेल) की भरवाई कुछ पुराने कपड़े लिये और साइकिल लेकर निकल पड़ा। आज उसे कुछ नहीं दीख रहा था। सिर्फ नारान सेठ को सबक सिखाना था कैसे भी। वह एक गाँव में नारान सेठ के फड़ पर पहुँचा। बाहर से ही उसे पत्ती की भरी झालें रखी दिखी। उसने पास से एक पत्थर उठाया, उसे कपड़े में बाँधा, कपड़े में मिट्टी का तेल डाला और उसी फड़ में जल रही आग से तेल से भीगा कपड़ा जलाया और झालों के ऊपर फेंक दिया। इससे पहले कि कोई जागता, भैयालाल वहाँ से भाग चुका था। इस प्रकार एक-एक करके उसने चार फड़ों में आग लगाई और वापस घर जाकर सो गया। घर पर भी किसी को पता नहीं चला।

आग लगी देखकर फड़ के चौकीदार जाग गए। वे जोर-जोर से चिल्लाने लगे—"आग-आग, बचाओ, दौड़ों, कोऊ है का" चौकीदार पास के कुएँ की हौदी में भरा पानी मिट्टी के गघरा से भर-भरकर आग पर डालने लगा। उसके पानी डालने से आग पर कोई असर नहीं हो रहा था। आग बढ़ती ही जा रही थी। धीरे-धीरे आग को देखकर और

चौकीदार की आवाज सुनकर काफी लोग एकत्रित हो गए सब आग बुझाने की कोशिश करने लगे, लेकिन कोई फायदा नहीं हुआ। फड़ पर रखी सारी पत्ती देखते-देखते स्वाहा हो गईं। सुखी पत्ती के साथ-साथ गीली पत्ती, जो सूखने डाली गई थीं, वह भी जल गईं।

वहाँ एकत्रित लोग आपस में बातें कर रहे थे कि आग कैसे लगी?

बच्चू—कौंढ़े में आग जल रही ती का? बई में से कोई तिलगा उड़ो और पत्ती पै जा गिरो, बई से आग लग गई होगी।

कल्लू—का पतौ कैसे लगी। आसपास तो आग है नइयाँ। काय में से तिलगा उड़ है। ऐसी आग लग गई कै पतौ नई चलौ और बुझाए नई बुझी, कितनौ पानी डारो, एकई गड्डी नई बची।

बच्चू—बा तो सूखी पत्ती हैं। आग तो जल्दी पकरत, फिर बुझा पा रये का?

देशराज—मोय तो कोउ की कारस्तानी लगत। काऊ ने वरया कै आग लगाई और भग गऔ।

बच्चू—का हो दिस्सू, काउ से कहा-सुनी तो नई भई ती। काऊ से पैसन पै कछू बात हो गई होय, कोउ ऐसे तो लगा है नई आग।

दिस्सू—नई भैया, मैं तो काउ से आज तक नई लड़ो, मैं काय खों लड़हो?

बच्चू—अपने आप लगी होय कै काउ ने लगाई हो अकेलें, भौत नुकसान हो गऔ।

सब लोग आग लगने के बारे में बातें करते-करते वापस गाँव की ओर चले जाते हैं।

सुबह पता चलता है कि पास के तीन गाँव के फड़ों में भी आग लग गई थी। इस खबर से सब अंदाजा लगाने लगते हैं कि आग अपने आप नहीं लगी, बल्कि किसी ने लगाई है। एक फड़ में तो किसी कारण से आग लग सकती थी, लेकिन एक ही रात में एक साथ चार फड़ों में आग अचानक नहीं लग सकती।

□

मिच्चू दादा के बड़े लड़के की शादी को लगभग चार वर्ष हो चुके थे। दादा ने लड़के की शादी बड़ी धूमधाम से की थी। आसपास के गाँववालों को खाने पर बुलाया था। सब लोग शादी की काफी तारीफ करते थे।

मिच्चू दादा अब दादा वन गए थे। उनके लड़के के घर लड़का पैदा हुआ था। आरंभ में दो साल तक जब कोई संतान पैदा नहीं हुई तो दादा ने मन्नत माँगी थी कि लड़का पैदा होने पर राई नृत्य कराऊँगा। बैठक में धुल्ला ने आशीर्वाद दिया था कि जा लड़का होगा। और अब दादा को राई कराना था। उन्होंने भैयालाल से कहा—

दादा—भैयालाल कल गाँव तक चलनें है।

भैयालाल—ठीक है जल्दी चल हैं काल ट्रक भी लै जाने विलात पत्ती, इकट्ठी हो गई फड़ में। काल कहास आई ती।

मिच्चू दादा गाँव पहुँचते हैं, साथ में भैयालाल था। दादा गाँव के मुखिया के घर पहुँचे। मुखिया ने दादा का स्वागत किया।

मुखिया—सुनाओ दादा का हाल है?

दादा—मुखियाजी भगवान् की कृपा से नाती हो गओ। आप सबको आशीर्वाद है, अब राई करानें, सो वाई के लाने बात करनें ती। कवै करायें चइये। आप खों सब देखन देखनें। हमें बता दियो का करने सो करहें।

मुखिया—आप का जानत नइयाँ?

दादा—जानत तो हैं। आपसे ज्यादा नई जानत। आप खों वेडनी खों खबर करनें कौन सी वेडनी अच्छी रै है। सब साज-बाज अपनो ल्यावे। और गावे बारे अच्छे होंय।

और हाँ, खाना बनावे खों एक मिठया (मिठाई और खाना बनाने वाला) करना है। उस समय अधिकतर अवसरों पर खाना गाँव वाले ही बनाते थे। हर गाँव में चार-पाँच व्यक्ति होते थे, जो खाना बनाना जानते थे। उनके साथ गाँव वाले भी सहयोग किया करते थे। गाँव की औरतें व लड़कियाँ अपने घर से चकला-बेलन लेकर आ जाती थीं तथा रोटी

बनाती थीं। पूरे दिन खाना बनाया जाता था, जिसमें कढ़ी-चावल, दाल, बड़ा (उड़द की दाल के बड़े) पापड़, सन्नायटा (तेज मिर्चों वाला रायता) और सरबत (गुड़ को पानी में घोलकर उसमें पके आम का रस या दही डाला जाता था) प्रमुख थे।

मुखिया—भैयालाल, जा सबखों टेर लिया।

भैयालाल—हओ मुखियाजी।

भैयालाल उठकर चला जाता है और लगभग आधे घंटे बाद आता है।

भैयालाल—सबखों टेर आओ मुखियाजी, थोड़ी देर में गाँव के आदमी इकट्ठे हो जाते हैं।

मुखिया—सब जने आ गए? सब सुन लो, एक खुशी की बात है। वैसे तो सब खों मालूम हुइये कै अपने दादा अब सचमुच दादा बन गए हैं। दादा खैं नाती भऔ है, जा खुशी में दादा राई कराना चाहते हैं, सो जइके लानें सबखों इकट्ठो करौ है।

सब गाँव की चूलें (सपरिवार निमंत्रण) और आसपास के गाँवन से हरेक घर से एक-एक आदमी कौ न्यौतो करने। आप सबन की का राय है?

कक्का बताओ, आपई सियाने हो हम सबमें।

कक्का—अच्छी बात है, सब गाँव खों खुशी भई। दादा को परिवार ऐसोई बढ़त रये भगवान् की कृपा से।

सब जने बैठे हैं, सब सहयोग कर हैं, बस बता दो कौन दिना करने?

मुखिया—जइसें तो सब खों बुलाओ है, बताओ।

कक्का—जा तो पंडितजी बता है जौ काम उनको है, बाकी तो सब काम कर्ता (कार्यकर्ता) है। सो आजई सेलग जै है।

सीताराम पंडितजी की ओर सब देखने लगते हैं। पंडितजी अपनी ऊँगलियों पर कुछ गिनने लगते हैं, कुछ मन-ही-मन बुदबुदाते हैं।

पंडितजी—मंगल कौ दिना ठीक रेहै।

मुखिया—मंगल तो परसों है, इतनी जल्दी नई। सब व्यवस्था करने, नैवते पनीते करवाने टैम लगे है।

पंडितजी—तो फिर अगले बुधवार खों कर लो।

मुखिया—जौ ठीक है। जौनो सब काम हो जै है। मिठिया बुलाने, बेडनी खो कहास कराने।

सब लोग हाँ-में-हाँ मिलाते हैं और दिन तय हो जाता है।

उस दिन सुबह से ही गाँव में चहल-पहल थी। महेश मिठिया एक दिन पहले अपनी झारे-झरियाँ लेकर आ गया था। एक दिन पहले खाना बनाने के स्थान पर उसने दो भट्ठी जमीन में बनवा ली थी। उन पर गीली मिट्टी से गोल आकार बना दिया था। जिन पर कढ़ाही आराम से रखी जा सके। बहुत सारी जलाऊ लकड़ी इकट्ठी कर ली गई थी। सुबह से ही खाना बनना आरंभ हो गया था। गाँव के आदमी मिठिया का सहयोग कर रहे थे। खाने में सब्जी-पूड़ी, रायता के साथ मीठा भी बन रहा था।

शाम को लगभग गोधूलि बेला में, सूरज ढलने से पहले खाना आरंभ कर दिया गया था। जिससे जो न्यौथार आसपास के गाँव के आए थे वे समय से अपने घर पहुँच जाएँ। उस समय अधिकतर लोग एक साथ झुंड बनाकर चलते थे, जो एक ओर सामाजिक एकता का परिचायक था, दूसरी ओर किसी प्रकार की लूटपाट से बचाव करता था। वह समय था, जब आदमी-आदमी को चाहता था। सारा गाँव एक परिवार की तरह पेश आता था। गाँव के किसी एक व्यक्ति का रिश्तेदार सारे गाँव का रिश्तेदार होता था। उस समय आज जैसी ईर्ष्या व द्वेष नहीं होता था। सब लोग मिल-जुलकर रहते थे। अपने सुख-दु:ख में सब एक-दूसरे का साथ देते थे।

बाहरी गाँवों के लोग खाना खाकर जा रहे थे, जिनको राई देखना थी, वे सब रुक गए थे। वे लोग भी खाना परोसने में सहयोग कर रहे थे। रात होते-होते लगभग सभी लोगों ने खाना खा लिया।

अथाई पर चबूतरों पर बैठने की व्यवस्था की गई थी। वहाँ रोशनी के लिए दो गैस की लालटेनें जलाकर रखी गई थीं। जो अथाई से दूर के मोहल्ले में रहते थे, वे सब इकट्ठे होकर अपने साथ मिट्टी के तेल वाली लालटेन लेकर आए थे। अथाई में राई देखनेवालों की भीड़ लग गई थी।

मुखिया—बच्चू, कितेक आदमी और रै गए जेवे खो?

बच्चू—कम ही रह गए मुखिया। पचासक आदमी और हुईयें।

मुखिया—पंगत होत रै है, तुम जा ओ और गुलाबो (बेढ़नी) की पार्टी को टेर लियाओ, राई की तैयारी करो।

बच्चू—अवै जात मालिक।

थोड़ी देर बाद गुलाबो की पार्टी मय साज-बाज के अथाई में पहुँचती है।

बच्चू—मुखिया के पास आकर बोलता है—मुखियाजी, चलवो होवे, पार्टी अथाई में आ गई है।

मुखिया—दादा खों लिवा लै जाओ, मैं आउत हों। शुरू करवाइयो।

मुखिया—दादा चलो बैठियो मैं आउत हों।

बच्चू—मुखियाजी आपखो चलने पर है, भीड़-भाड़ है। कोऊ ऊधम न करन लगे, राई को काम है।

मुखिया—अरे चल, मैं आउत हों।

बच्चू—जल्दी आइयो मुखियाजी, आप बैठे रैहो तो कोउ चू-चपाट नई कर पै हैं और काउखों नई सेंटत जा जनता। वा सल फुटेरा गाँव में राई भई ती, कोउ डाटेव वारो नई हतो सो कैसो बखेड़ा खड़ो हो गओ, तो मुश्किल पर गई ती।

मुखिया साथ चलते हैं। प्रमुख लोगों के लिए चबूतरे पर खटियाँ डाल दी गई थीं, जिन पर दरी बिछी थी। मुखिया और दादा दोनों अथाई में पहुँचे। वहाँ बैठे सब लोग दोनों को देखकर खड़े हो गए। सब लोगों ने हाथ जोड़कर राम-राम की।

मुखिया—हाथ का इशारा कर सब को बैठने को कहते हैं।

मुखिया के आने के पहले सब लोग बातों में व्यस्त थे। काफी शोर हो रहा था। हरेक व्यक्ति गुलाबो को पास से देखना चाहता था। गाँव के पाँच-छह व्यक्ति सबको आराम से बैठा रहे थे, जिससे व्यवस्था बनी रहे। मुखिया के आने पर चारों ओर शांति हो जाती है।

बच्चू—शुरू करो, मुखिया और दादा आ गए हैं।

(राई पार्टी से कहता है)

राई आरंभ होती है।

1. रामराज सरकार-3
आ गए शरण में तुम्हारी

2. मैहर में वसी-3
राखियो लाज हमारी

3. जै शारदा भुमानी-3
विराजो कंठ हमारे

इस प्रकार पहले अपने आराध्य की वंदना करते हैं उसके बाद राई गाई जाती है—

1. गोरी नैना ना मार-3 भर कै दुनाली चाय मार दै।
2. तोरे गोरे है गाल-3 गदरा टमाटर के हो जैसे।
3. गोरी मायके ना जाव-3 तुम्हारी कही कर दै हैं।
4. बगिया के अनार भये गदरारे।
लगवा दो पिया अब रखवारे।
बड़े जतन से रखायें है इनखो।
दूकन लगे सब पुरा बारे। ...बगिया
अपने बाग की देखन देखो।
टोरन लगे वारी मतवारे। ...बगिया
अबै तलक लौ पतो नई हतो।

अब कढ़ आए जे कजरारे ...बगिया
रातेई राते चोरी हो गई।
अब हो गए हैं भुनसारे ...बगिया

राई का नृत्य चल रहा था। गुलाबो वेढ़नी बहुत अच्छा नाच रही थी। उसके सहयोगी भी कम नहीं थे, वे भी उसका साथ दे रहे थे। गाने-बजाने वाले अपनी लय में मस्त थे। सारे गाँव वाले राई का आनंद ले रहे थे। पड़ोसी गाँव के 4-5 जवान लड़के खूब हो-हल्ला कर रहे थे। वे नाचने लगते और नाचते-नाचते वेढ़नी के पास आकर नाचने लगते थे। भैयालाल और गाँव के स्वयंसेवक बार-बार उनको पीछे की ओर हटा देते थे। ये सब मुखियाजी देख रहे थे। मुखियाजी ने भैयालाल को इशारे से बुलाया और उसके कान में कुछ कहा। भैयालाल ने वापस आकर गाँव के कुछ लड़कों के कान में कुछ कहा—अब सारे स्वयंसेवक सजग थे। अब की बार फिर वही खुरापाती लड़के वेढनी के पास आकर नाचने लगे। भैयालाल ने इशारा किया, गाँव के लड़के, जो व्यवस्था सँभाल रहे थे, आगे बढ़े। दो-दो लड़कों ने एक-एक लड़के को पकड़ा और खींचकर भीड़ से बाहर ले गए। बाहर ले जाकर भैयालाल व अन्य लड़कों ने पकड़कर खुरापात करने वाले लड़कों की पिटाई शुरू कर दी। काफी मारपीट के बाद भैयालाल बोला—

भैयालाल—'वई के बाप' बड़ी देर हो गई समझाउत समझाउत, मानई नई रये। अगर भलाई चाहो तो भाग जाओ, अगर फिर दिख गए इतै तो हाथ-गोड़े टोर डार हों, घरै जावे लायक नई बच हो।

पिटने वाले सभी लड़के—छोड़ दो गलती हो गई। घरै जान दो।

भैयालाल—भाग जाओ, जई में भलाई है, अब जिन दिखियो।

सब लड़के माफी माँगकर अपने गाँव चले जाते हैं। भैयालाल और कार्यकर्त्ता फिर अथाई में आ जाते है। किसी की भी समझ में नहीं आया कि क्या हुआ ?

ग्रामवासी राई का आनंद ले रहे थे सभी अपने स्थान पर झूम रहे थे। बीच-बीच में कोई वेढनी को इनाम के नाम पर पैसे दे रहे थे। इस प्रकार सारी रात नाचते-नाचते सुबह होने को आई, राई की टीम के सभी सदस्य थक गए थे।

मुखिया—बहुत बढ़िया राई करी गुलाबों, अब बस करो, सवेरा होने वाला है।

मिच्चू दादा ने गुलाबो को बुलाकर उसका मेहनताना दिया। मेहनताना लेकर गुलाबो दादा के सामने नाचने लगी।

दादा—दै तौ दये, अब जाव।

मुखिया—अरे अब वा इनाम माँग रई।

दादा—इतेकई तै हते सौ दै दये।

गुलाबो—जो तो मेहनतानों है, सब में बँट जैहे। नाती भऔ दादा बड़ी इनाम लैहो। भगवान् करे दिन दूनौ-रात चौगुनौ परिवार बढ़ै। मोय इनाम मिलत रये।

दादा—बड़ी इनाम? बड़ी इनाम का?

गुलाबो—सोने कौ कड़ा लै हो।

दादा—कड़ा नइया अबै, फिर अगली राई में देखी जै हैं।

ऐसा कहकर दादा कुछ रुपया निकालकर गुलाबो को देते हैं। गुलाबो मना करती है—नई मोय कड़ा देओ। काफी जिद्दोजहाद के बाद भी जब गुलाबो पैसा नहीं लेती, तो दादा मुखियाजी की ओर देखते हैं।

मुखिया—कछू और मिला दो।

दादा—ठीक है, और दे रये।

मुखिया—ठीक है, गुलाबो जो अपने मन से दे रये, सो ले लो। आगे फिर अवसर काज को मौका आहै, सो समझ लियो।

गुलाबो मुखिया की ओर देखती है और दोनों हाथों में दादा से पैसा ले लेती है।

गुलाबो—दादा जुग-जुग जिये आपको नाती, भगवान् सदा खुस रखे।

गुलाबो की पार्टी अपना साज-सामान उठाकर चली जाती है। दादा भैयालाल के साथ अपनी जीप में बैठकर चले जाते हैं।

मुखिया—बच्चू, सब सामान देखभाल के रखवा दियो। सबरी रात हो गई, अब जाकै आराम कर हौं।

बच्चू—मुखियाजी, सब लड़के लगा दये काम में, सब हो जै हैं, आप निखटके हो खै जाब।

□

दादा और नारान सेठ में प्रतिद्वंद्विता चल रही थी। दोनों एक-दूसरे को नीचा दिखाना चाहते थे और अपना कारोबार आगे बढ़ाना चाहते थे। दोनों ओर से अपने-अपने हथकंडे अपनाए जाते थे, कोई सामने नहीं आता था। इस प्रकार के कार्य किए जाते थे कि काम भी हो जाय और पता भी न चले! सबके सामने ईमानदार बने रहें। दोनों के फड़ों पर पत्ती इकट्ठी होती रही और सूखने पर ट्रक भरकर जाती रहीं। इसी प्रतिद्वंद्विता में एक दिन नारान सेठ ने अपने आदमियों को बुलाया और सलाह की कि अब क्या किया जाए, जिससे मिच्चू दादा को नीचा दिखा सकें और पत्ती पर अपना कब्जा हो जाय?

ब्रजलाल—सेठजी, अब का करने, सो आज्ञा देव।

सेठजी—अब आपई सब बैठे हो, सो बताओ का करे चइये।

ब्रजलाल—आप कहो तो इनके भरे-भराए ट्रक लूट लें। और अपने घरे लै आएँ?

सेठजी—मूरख, सब खौं साफ-साफ पतौ चल जै है।

लालाराम—सेठजी, जौ तो मूरख है, जब कै है ऐसी बात कै है के सब पकड़े जाएँ और पुलिस के डंडा खाएँ।

सेठजी—ऐसो कछू करने के, साँप भी मर जाए और लाठी भी ना टूटे।

ब्रजलाल—तौ का करै चइये?

विंदे—अब कछू सोचौ, सब जनै बैठे हैं।

सेठजी—लालाराम देख चाय बन गई का? चाय पिलाओ, सबखों बहुत देर हो गई।

लालाराम अंदर जाता है और कप-प्लेट में सबके लिए चाय लाता है। सब लोग चाय पीते हैं और चर्चा चलती रहती है।

उस दिन मिच्चू दादा के दो ट्रक भरके जा रहे थे। शाम का समय था। अचानक 15-20 आदमियों ने ट्रकों पर हमला कर दिया। दोनों ट्रकवालों ने ट्रक बचाकर ले जाने की कोशिश की, लेकिन नारान सेठ के आदमी इस बार पूरी तैयारी करके आए थे। कल्लू का ट्रक आगे था और दूसरा ट्रक उसके पीछे। हमला होते देख कल्लू ने अपना हथकंडा अपनाया और अपना ट्रक सेठ के आदमियों को चकमा देकर निकाल ले गया। दूसरे ट्रक का ड्राइवर इतना होशियार नहीं था, परंतु स्थिति को देखकर उसने भी अपने ट्रक को बचाकर निकालने की कोशिश की। इस चक्कर में उसने भी कल्लू की तरह अपना ट्रक कच्ची जमीन पर उतार दिया और ट्रक का एक्सीलेटर घबराहट में दबा दिया। इस अचानक हडबडाहट में ट्रक एक गढ्ढ़े में उतर गया। काफी कोशिश करने पर भी ट्रक गढ्ढ़े से बाहर नहीं निकला। ड्राइवर ने काफी कोशिश की इतने में सेठ के आदमियों ने चारों तरफ से ट्रक को घेर लिया। सारे आदमी अपना मुँह तौलिया से बाँधे थे। पहचान करना मुश्किल था।

एक आदमी ड्राइवर की ओर बढ़ा और चिल्लाया-चल नीचे उतर। ड्राइवर डर के मारे काँप रहा था और सोच रहा था कि अब जाने क्या होगा? शायद ये लोग आज मार डालेंगे! ड्राइवर ट्रक से नीचे उतरा और दोनों हाथ जोड़कर खड़ा हो गया।

एक व्यक्ति ने उसका हाथ पकड़ा और धक्का देकर नीचे गिरा दिया।

तीन-चार आदमी डंडों से उसे मारने लगे। ड्राइवर चिल्ला रहा था।

ड्राइवर—मर गए कोऊ बचाओ, अरे मैंने का करो भैया, मोय काय मार रये? छोड़ दो जाने दो मैं तो ड्राइवर हों, नौकर हों, मेरी का गलती।

किसी ने भी उसकी पुकार नहीं सुनी। वे लगातार उस पर लाठियाँ बरसाते रहे। लाठियों के प्रहार से ड्राइवर बेदम हो गया।

उनमें से एक बुजुर्ग व्यक्ति बोला-बस भौत हो गई। चलों सब, मार ही डार हौ का? उसने मारने वालों को पकड़-पकड़कर अलग किया। कुछ लोग ट्रक पर चढ़ गए और पत्ती की भरी झालें ट्रक से नीचे फेकने लगे। झालें नीचे फेकने के बाद सब लोग वापस चले गए।

कल्लू ट्रक लेकर बाड़े में बदहवासी से हाँफता हुआ बाड़े में बबीना पहुँचा। उसने वहाँ के सब आदमियों को हाँफते-हाँफते बताया कि आज फिर आदमियों ने हमला किया। मैं जैसे-तैसे ट्रक निकालकर ले आया। दूसरा ट्रक वहीं गढ्ढ़े में फँस गया। जाकर उसे बचाओ।

एक आदमी ने भागकर दादा के घर पर खबर की। वहाँ भैयालाल भी था।

दादा यह सब सुनकर अवाक् रह गए।

दादा—भैयालाल अब का करे, मेरी समझ में नहीं आ रहा।

भैयालाल—सबसे पहले तो अपने ड्राइवर को बचाने, पत्ती भाड़ में जाएँ, चलो सब।

करीब 10 लोगों को इकट्ठा करके भैयालाल जल्दी-जल्दी ट्रक खाली करवाता है और फिर भैयालाल—चल बैठ कल्लू, जल्दी चल।

कल्लू अभी भी डरा हुआ था।

कल्लू—अब मेरे बस में नइया कै मैं ट्रक चला पाऊँ।

भैयालाल—अरे हम सब हैं जल्दी चल, देर काय कर रये, घबरा नई।

कल्लू—नई भइया, जैसें-तैसें बच के आऔ हो, फिर वहीं चलवे की कै रये?

भैयालाल—अरे अबै एक ट्रक और ड्राइवर फँसे हैं, चल बाखों वापस लानें है, कऊँ (कहीं) देर न हो जाय, वो अकेलो है।

कल्लू—भैया, चलो अकेलें सँभाल लियो सब।

भैयालाल—मो पै विश्वास नईया का?

कल्लू—है भैया, पूरो विश्वास है, चलो। कल्लू ट्रक की ड्राइविंग सीट पर बैठता है और ट्रक स्टार्ट करता है। बाकी सब लोग लाठी और कुल्हाड़ी लेकर ट्रक में बैठ जाते हैं।

भैयालाल—अगर ड्राइवर खो कछू भओ, तो एक-एक खो देख लै हों। कल्लू स्पीड बढ़ा।

कल्लू ट्रक की स्पीड़ बढ़ाता है। ट्रक रोड पर तेजी से दौड़ने लगता है।

लगभग आधा घंटे में ट्रक घटनास्थल पर पहुँच जाता है। वहाँ अजीब दृश्य था। ट्रक खाई में पड़ा था। पत्ती की झालें फटी हुई थीं चारों ओर पत्ती की गड्डियाँ फैली हुई थीं वहीं पास में ड्राइवर बेहोश पड़ा था। उसके शरीर से खून निकलकर जमीन पर फैला हुआ था। भैयालाल दौड़कर घायल ड्राइवर के पास पहुँचा। उसने उसके सीने पर हाथ रखा।

भैयालाल—बेहोश है, जल्दी उठाओ, अस्पताल ले चलो।

तीन-चार आदमियों ने ड्राइवर को उठाकर ट्रक में पीछे लिटाया।

भैयालाल—कल्लू जल्दी अस्पताल चल, कललू ने ट्रक वापस बबीना की ओर दौड़ा दिया। कल्लू को लेकर सब अस्पताल पहुँचे। अस्पताल में डॉक्टर साहब ने कल्लू के घावों की मरहम-पट्टी की। डॉक्टर साहब, गनीमत है सिर में ज्यादा चोट नहीं है। बाकी शरीर में ज्यादा मारा है। एक हाथ और एक पैर नहीं उठ रहा था।

डॉक्टर—शायद हड्डी टूट गई है, पलस्तर बाँधना पड़ेगा। पहले एक्सरे करते हैं।

डॉक्टर साहब इन लोगों की सहायता से ड्राइवर को एक्सरे मशीन तक ले गए और एक हाथ तथा एक पैर का एक्सरे किया। डॉक्टर एक बगल वाले कमरे में जाते हैं और 15-20 मिनट बाद दो एक्सरे लेकर निकलते हैं एक्सरे गीले थे, उनसे पानी टपक रहा था।

डॉक्टर एक्सरे कंपाउंडर को पकड़ा देते हैं। कंपाउंडर बाहर लगे एक तार पर क्लिप के सहारे एक्सरे को लटका देता है। डॉक्टर साहब अपने कमरे में जाकर बैठ जाते हैं।

डॉक्टर—रामू, एक्सरे निकाल लाओ।

रामू तार पर सूखने को लटकाए गए एक्सरे निकालकर लाता है और डॉक्टर साहब को देता है।

डॉक्टर—हूँ। मैंने कहा था न हड्डी टूटी है।

डॉक्टर—रामू, पलस्तर चढ़ाने की तैयारी करो।

रामू—जी डॉक्टर साहब।

ड्राइवर को एक हाथ और एक पैर पर प्लास्तर चढ़ा दिया जाता है। बाकी चोटों पर दवाई लगाकर पट्टी बाँध दी जाती है।

मिच्चू दादा अस्पताल पहुँचते हैं और सीधे डॉक्टर साहब के चैंबर में जाते हैं।

मिच्चू दादा—डॉक्टर साहब नमस्ते, कैसे हैं आप, हमारे ड्राइवर का क्या हाल है।

डॉक्टर—ठीक है, समय पर ले आए। एक हाथ और एक पैर की हड्डी टूट गई है। पलस्तर चढ़ा दिया है। 45 दिन बाद कटेगा।

मिच्चू दादा—और कोई चोट, चिंता की कोई बात तो नहीं है ?

डॉक्टर—नहीं सब चोटों पर मरहम-पट्टी कर दी है। मूँदी चोटें भी हैं। इनको ठीक होने में समय लगेगा।

मिच्चू दादा—मिल सकते हैं क्या ?

डॉक्टर—जी मिल लीजिए, अब तो होश भी आ गया है। पहले जब अस्पताल लाया गया, तब बेहोश था। इंजैक्शन लगा दिए हैं।

मिच्चू दादा—कब तक अस्पताल में रहना पड़ेगा?

डॉक्टर—लगभग 10 दिन तो लग जाएँगे। फिर देखेंगे, दवाई का असर कैसा होता है? जल्दी भी छुट्टी हो सकती है।

मिच्चू दादा ड्राइवर के पास जाते हैं। वहाँ भैयालाल और लगभग छह लोग मौजूद थे।

मिच्चू दादा—का हाल है भैयालाल?

भैयालाल—खंती में डरे ते हम जल्दी से उठा लाए डॉक्टर साहब ने भी जल्दी इलाज शुरू कर दिया। अब तो लगता है, ठीक है। पैलें तो लग रई ती जैसे शरीर में जान नइया।

मिच्चू दादा—बचा लओ भगवान् ने।

ड्राइवर की ओर मुखातिब होककर-काय बेटा, का हाल है?

ड्राइवर—ठीक है, पूरे अंग में दरद हो रओ, कऊँ-कऊँ तो बहुत ज्यादा हो रओ।

मिच्चू दादा—चिंता जिन करै, ठीक हो जै हे, चार-छह दिन भर्ती रैने पर है।

ड्राइवर—बचा लओ बाबा विश्वनाथ ने, नई उनने तो मरो समझ कै छोड़ो तो।

मिच्चू दादा—बाबा की कृपा है। बेइ बचाउत है, जो उने करने बौई होने। आराम से परे रओ, खर्चा की चिंता जिन करियो, वो सब मैं करहों। भैयालाल की ओर मुखातिब होकर—

मिच्चू दादा—भैयालाल खाना-खुराक देखे रइये, खाना-पीना घर से बनवा खै लियाइयो। जा बाजार से कछू फल ले आ।

भैयालाल खाना व फल लेने चला जाता है, इतने में ड्राइवर की पत्नी दो छोटे बच्चों सहित रोती हुई आती है।

मिच्चू दादा—रोय नई, ठीक है वोतो, होनी है होकै रऊत, बचालओ बाबा ने। शांत रह।

ड्राइवर की पत्नी-अरे काऊ को का बिगारो तो, अपई नौकरी कर रये ते। नाश होय उन सबको, मुमानी करै, कीरा परै।

मिच्चू दादा—अब मैं जा रओ, भैयालाल रोटी लिया रओ, घरै गऔ है। खवा दियो, आराम है। सब ठीक है, चिंता जिन करो।

ड्राइवर की पत्नी—अरे का हो गओ जो (रोते हुए कहती है) अब का हुइये? मौड़ी मौड़न कौ कोउ नइयाँ।

मिच्चू दादा—कछू नइया, सब ठीक है। मैं तो हो, कछू नई होन दे हो। पैसन की चिंता जिन करिओ। कछू जरूरत होय तो बताइयो। संकोच नई करियो।

इतने मैं भैयालाल खाना लेकर आ जाता है। ड्राइवर की पत्नी खाना की पोटली खोलकर ड्राइवर को खाना खिलाती है। उसके बच्चे भी खाना माँगते हैं, वह उन्हें भी एक-एक रोटी पकड़ा देती है।

मिच्चू दादा घर की पौर में बैठे थे। भैयालाल नीचे बैठा था, लगभग 10 आदमी गाँव से आए थे, कल की घटना की चर्चा चल रही थी।

मंशाराम—दादा काल तौ बहुतई बुरओ भऔ, मैंने अच्छे खासे दोई ट्रक भरवा के चलती कर दये ते।

भैयालाल—मंशा भइया, जो बताओ, काऊन काऊ ने गाँव से सोड (सूचना) तो दई है। नई तो उनै कैसें पतौ कै आज इतनी वेरै (समय) दो ट्रक भर के कढ़ रये।

मंशाराम—कछू न कछू भेद तो है। कोऊ गाँव को आदमी है, जो सब टैम से जाकें बता रऔ।

रामदशा-को हो सकत? अपये गाँव में, पतौ करनै पर है!

भैयालाल—सेठ के फड़ पै को ज्यादा जात है? एक काम करो, एक अपनौ आदमी जाके लाने लगाओ, वो पतौ करै। कैसेई पतौ करै। बाखौं खरचा पानी दै दियो।

मंशाराम—वो तो ठीक है, अकेलें वाकौ नाव (नाम) उजागर न होवे, जौ ख्याल राखियौ)।

भैयालाल—अरे वो पतौ करके कान में बता जाय, फिर तौ मैं समझ लै हो।

मिच्चू दादा—कछू उल्टौ सीधौ जिन करियो। जासे तो ऐसई ठीक है। भगवान् सब देख रये। वेई सबक सिखै हैं।

मंशाराम ने गाँव जाकर अपने खास आदमी से बात की।

मंशाराम—इंदल सिंह एक काम करने तोय बता कर है।

इंदल सिंह—पैलें काम तो बताओ का है?

मंशाराम—सेठ के फड़ की सीआईडी करने। कोहै अपने फड़ कौ, जो सेठ खौं अपने फड़ की खबरें देत।

इंदल सिंह-कोशिश कर हों, पक्की नई कै सकत, कोऊ गाँव कौ हो सकत।

मंशाराम—है तो गाँव को ही जो दोई फड़न पै जात। इतै की उतै करत।

इंदल सिंह-ठीक है, देखत हो।

मंशाराम—होशियार रहियो, काऊ खौ पतौ न चले कै तै सोड़ लगा रऔ।

इंदल सिंह वहाँ से चला जाता है।

भैयालाल अंदर-ही-अंदर जल रहा था, उसकी समझ में नहीं आ रहा था कि क्या करे?

हम तो किसी का कुछ नहीं बिगाड़ते। ये हमारे पीछे सेठ क्यों पड़ा है? व्याकुल मन से वह इधर-उधर टहल रहा था।

अचानक उसके दिमाग में कुछ प्लान आया। वह तेजी से बढ़ा, साइकिल उठाकर बाहर निकल गया।

□

नारान सेठ अपनी पौर में तखत पर बैठे थे। कलेऊ (सुबह का नाश्ता) कर रहे थे। मक्का की महेरी में दूध डालकर खा रहे थे। चार आदमी जमीन पर बैठे थे। खाना खत्म करके उन्होंने खाने के बरतन किनारे रख दिए।

नारान सेठ—किसना (जोर से आवाज लगाई) कायरे। चाय नई बना पाओ, झट्ट (जल्दी) लेआ।

इतने में भैयालाल तेजी से आता है और सेठ के सामने आकर गुस्से में खड़ा हो जाता है।

भैयालाल—जोर से 'वई के बाप' काय चैन से नई रैन दै रये?

नारान सेठ—अरे भैयालाल कैसो आओ है? बैठ जा। चाय पी ले।

भैयालाल—चाय नई पीने सेठ सुधर जाओ, मैं सुधारवे खौ उतारू हो गऔ तो ठीक न हुइये। मैं जई कै वे आओ हों।

नारान सेठ—अरे बैठ जा, घरै आओ है, चाय पानी पी। फिर बात कर हैं।

भैयालाल—कछू बात नई करनी भौत (बहुत) हो गई। अब कछू खुराफात जिन करियो। जई बताने ती।

नारान सेठ—कौन ने करी खुराफात? का बात है? साफ-साफ बता।

भैयालाल—ऐसे अनजान बन रये, जैसे कछू जानतई नइया! सब तुमओ करौ कराऔ है। अगर दम है तो सामने आके बात करौ। सबखों मताई को दूध याद दिला दै हों।

नारान सेठ वहाँ बैठे अपने आदमी की ओर आँखों से इशारा करते हैं। वह आदमी उठकर भैयालाल के पास जाकर हाथ पकड़कर बैठाने की कोशिश करता है।

भैयालाल—गुस्से में अगर हाथ लगावे की कोशिश करी तौ हाथ टोर खै गरे में डार दै हों, बैठ चुपचाप।

वह व्यक्ति भैयालाल की गुस्सा जानता था वह वापस अपनी जगह बैठते हुए बोला-मैं तो बैठार रओ तौ भैयालाल, ते तो बहुत गुस्से में है।

भैयालाल—अबै तौ समझावे आओ, गुस्सा देखी काँ है। जी दिना गुस्सा आ गई वा दिना सब मिटा दै हों। गुस्सा न आवे मोय जई विनती करियो।

नारान सेठ अपने आदमी से-बैठ जा शांति से, काय उचक रओ, घरै आए आदमी से ऐसौ वेहार (व्यवहार) करत कोई।

भैयालाल—वेहार तो तुमओ ठीक नईया, सुधार लो। एक वेर और कै रओ हाथ जोड़ कै, कै सुधर जाओ। मैं जा रऔ, राम-रम।

भैयालाल मुड़के वापस चला जाता है। वहाँ बैठे सब लोग देखते रह जाते है।

रामलाल—देखौ कैसी आँखें काढ़ रऔ तौ। ऐसौ लग रऔ तो कै सब खों खा जै है।

नारान सेठ—ठीक है वरन (जाने दो) दो। चाय पिओ, का बात हो रई ती?

दिलीप—सेठजी आप तो बड़े आदमी हो, सो सब टार देत। बड़ौ दिल है आपको।

नारान सेठ—अरे लड़ाई में का धरौ! तुलसीदास कै गए "तुलसी बुरो न मानिये जो गँवार कह जाय। जैसे घर कौ नरदुवा भलौ बुरौ बहि जाय।"

मूरख है, बाकी बात कौ का बुरऔ मानने "अपनी इज्जत अपने हाथ" अवै एक कैते तो दो सुन लेते। शांत रैवे में भलाई है, जैसौ आवतो वैसौ चलौ गऔ।

दिलीप—साँची कैरये सेठजी। अवै कोउ और होतो आपकी जगा, तौ पक्की लड़ाई घरी ती। आपने समझदारी सै काम लऔ।

रामलाल—नैक इशारा कर देते सेठजी, हम चार जनै बैठे थे। पकर कै पटक देते और चार लट्ठ जमाते, सोई सब ठसक कढ़ जाती, जितनी गरमी चढ़ी है, सब कढ़ जाती। सेठजी के मन में भी आग लगी थी, लेकिन वे सबके सामने शांत थे। वे जानते थे कि घर पर लड़ाई करने में कोई फायदा नहीं था, उल्टे हमारी ही बदनामी होती। सब लोग जान जाते कि सेठ और दादा में बुराई चल रही है।

अगर भैयालाल हमारे आदमियों को मारपीट के चला जाता तो हमारी बदनामी होती और अगर हमारे आदमी भैयालाल की मारपीट कर देते, तो भी बदनामी तो हमारी ही होती कि भैयालाल को सेठ ने बुलाकर पिटवाया। कोई भी यह नहीं कहता कि भैयालाल खुद लड़ने आया होगा!

वो तो आया ही इसीलिए था कि "चित्त भी हमारी और पट्ट भी हमारी"। लेकिन इस बदतमीजी की सजा तो भैयालाल को देनी ही होगी। इतनी हिम्मत बढ़ गई कि घर आकर धमकाकर चला गया! आज तक किसी की हिम्मत नहीं हुई कि सेठ के सामने ऊँची आवाज में बात करे। चार आदमियों के सामने खरी-खोटी सुना गया। सेठजी का दिल तेजी से धड़क रहा था। मन में उथल-पुथल हो रही थी। सेठ ने दूसरे दिन गाँव से अपने खास आदमियों को बुलाया और भैयालाल की अकल ठिकाने लगाने की बात कही। साथ में यह भी कहा कि ये बात उजागर न हो पावै कि मैंने (सेठजी ने) तुम लोगों को भेजा है। अब कब करने और कैसे करनै, वो तुम जानो। बाकी सब मैं सँभाल लै हो। सेठजी जेब से कुछ रूपया निकालकर देते हैं।

नारान सेठ—जौ लो खर्चा पानी, सब जनै बाँट लियो।

आदमी लोग-सेठजी, जाकी का जरूरत है, हम लोगन पै विश्वास नइयाँ का? जे रैन दो।

नारान सेठ—विश्वास तौ पूरौ है, जबई तो तुमसे कई है। ऐसे काम खास आदमी से ही करवाएँ जात।

दिलीप-अकेलें पैसा न लैहै, आपई की कृपा बनी रये, फिर काउ को डर नइया।

नारान सेठ—दिलीप इतै आ।

दिलीप पास आता है और सेठजी उसका हाथ पकड़कर उसमें रूपया थमा देते हैं—ठीक है, अब जाओ, सब अपनो ख्याल रखियो। दिलीप के साथ सब लोग वहाँ से चले जाते है। सब लोग आपस में विचार करते हैं। सब तय करते हैं कि रात में देवी जी के मंदिर के पास कुएँ पर मिलते हैं वही पर तय करेंगे, क्या करना है।

जब से ट्रक ड्राइवर पर हमला हुआ था, दादा के कारिंदे डर गए थे। वे लोग पत्ती के फड़ पर जाने से कतराने लगे थे। फड़ पर जाने को जिस व्यक्ति से कहते, वह बहाना बनाने लगा था हर व्यक्ति की कोशिश

रहती कि उसे फड़ पर ना जाना पड़े, ना जाने कब हमला हो जाय और वो हमले का शिकार हो जाय।

मिच्चू दादा अब हर समय भैयालाल को फड़ पर भेजने लगे। उसके साथ पाँच-छह आदमी साथ जाते, जिनके पास हमेशा लाठी, कुहॉगी, कुल्हाड़ी,फरसे आदि रहते। मिच्चू दादा ने इन आदमियों का मेहनताना बढ़ा दिया था। इसी शर्त पर वे खतरा उठाने को तैयार हुए।

भैयालाल को फड़ पर जाते हुए अभी लगभग एक हफ्ता ही हुआ था। वह अपने आदमियों के साथ बारी-बारी हरेक फड़ पर जाता, कुछ घंटे वहाँ रुकता और वापस आ जाता। मिच्चू सेठ की इस व्यवस्था से सेठ के आदमी अपना दाँव नहीं लगा पा रहे थे। वे सब फिराक में रहते कि कब मौका मिले और भैयालाल अकेला मिल जाए! आदमियों के संग होने पर वे भैयालाल का कुछ नहीं बिगाड़ सकते थे।

दिलीप अपने आदमियों के संग एक रात मंदिर के पास के कुएँ पर बैठा सलाह-मशविरा कर रहा था। वे सब मौके की तलाश में थे। लगभग हर दिन उनकी बैठक होती, लेकिन हर दिन बिना किसी हल के बैठक समाप्त हो जाती। एक दिन दिलीप ने अपने दो खास आदमियों की ड्यूटी लगाई कि तुम केवल सोड़ लगाते रहो और हमें बताते रहो। वे दोनों आदमी देवी और करन दादा के फड़ पर जाते, वहाँ हुक्का, चिलम पीते, इधर-उधर की बातें करते और चले आते। मंशाराम भी नहीं समझ पाया कि ये दोनों अभी कुछ दिनों से बिना किसी काम के क्यों आने लगे? ये पत्ती भी नहीं लाते, पहले तो कभी-कभार आते थे, अब इनका आना ज्यादा हो गया है मंशाराम ने इस बात को आई गई कर दी। वह अपने काम में व्यस्त रहता था। वह सीधा-सादा ईमानदार व्यक्ति था। ना वो चालाक था, ना किसी की चालाकी समझ पाता था।

अब भैयालाल गाँव के फड़ पर ज्यादा समय देने लगा था। अगल-बगल के गाँवों के फड़ों का चक्कर लगाकर भैयालाल व

उसके आदमी भड़रा गाँव के फड़ पर आ जाते थे। कभी-कभार गाँव में रात भी रुक जाता था। अब सारे फड़ों का काम-काज भैयालाल ही देखता था। ज्यादा आने-जाने से भैयालाल का परिचय गाँव की औरतों से भी हो गया था। बबीना में अधिक रहने के कारण गाँव की महिलाओं को भैयालाल कम ही जानता था। अधिकतर शाम के समय भैयालाल अपने आदमियों के साथ भड़रा के फड़ पर आ जाता और मंशाराम के काम में हाथ बँटाता। इससे मंशाराम भी कुछ राहत महसूस करता था।

हमेशा की तरह रामकली भी कभी-कभार अपनी माँ के साथ फड़ पर आती थी। फड़ पर ही पता नहीं कब भैयालाल और रामकली की आँखें मिल गईं दोनों में फड़ पर सामान्य बातें होतीं। धीरे-धीरे प्यार परवान चढ़ने लगा और भैयालाल रामकली से अकेले में मिलने लगा। कहते हैं कि इश्क और मुश्क छिपाए नहीं छिपता। धीरे-धीरे यह बात जंगल की आग की तरह पूरे गाँव में फैल गई। लेकिन भैयालाल की साख के कारण किसी को बोलने का साहस नहीं होता था। किसी में उसकी खिलाफत करने की हिम्मत नहीं थी।

इस बात को ज्यादा समय नहीं बीता था, भैयालाल और रामकली अकसर दिमान जूके बाग में मिलते थे। भैयालाल रामकली को बबीना से हर बार कुछ-न-कुछ लाता था। उसके मन में घर बसाने की इच्छा प्रबल होने लगी थी। दोनों जब मिलते थे अपनी बातों में खो जाते थे। उन्हें दीन दुनिया की खबर नहीं रहती थी। वे इस बात से अनजान हो गए कि उसके दुश्मन उसकी फिराक में थे कि कब मौका मिले और भैयालाल को सबक सिखाया जाय! हमेशा एक स्थान पर मिलने जाना भैयालाल के लिए खतरनाक हो सकता था। उस समय इस प्रकार मिलना-जुलना तथा प्यार करना सामाजिक रूप से मान्य नहीं था। समाज में इसे हेय दृष्टि से देखा जाता था। स्त्री-पुरुष का मिलन सिर्फ शादी के बाद ही होता था। शादी के पहले तो लड़का जिससे शादी

तय हुई हो, उस लड़की से मिलने की सोच भी नहीं सकता था। यह सब काम घर के बड़े-बुजुर्ग व रिश्तेदार ही करते थे। शादी के पहले मिलने-जुलने वाले को चरित्रहीन माना जाता था। चरित्र का जीवन में बहुत महत्व होता था। यहाँ तक कि चलचित्र में काम करने वाली तथा नौटंकी ड्रामा में काम करने वाली लड़कियों को सामाजिक मान्यता नहीं मिलती थी।

उस दिन भैयालाल बबीना से आया था। शाम को उसी बगीचे में मिलना तय हुआ था। भैयालाल सब फड़ों पर चक्कर लगाकर पहले ही भड़रा गाँव आ गया था। उसे शाम होने का बेसब्री से इंतजार था। उधर रामकली के मन में भी लड्डू फूट रहे थे। वह भी बार-बार आसमान की ओर देखती थी कि कब सूर्य भगवान् अस्ताचलगामी हों और वह भैयालाल से जाकर मिले! आज वह रोज की अपेक्षा अधिक उत्साहित थी। उसने घर का सारा काम फटाफट निपटा लिया था। आज का दिन उसे रोज की अपेक्षा अच्छा लग रहा था। उसने नहा-धोकर चमकीली साड़ी पहन रखी थी, जिसे वह बबीना की हाट से पिछले वर्ष पसंद करके लाई थी यही एक अच्छी साड़ी उसके पास थी। उसकी माँ जंगल से पत्ती तोड़कर वापस आ गई थी।

दुरगिया-मौड़ी एक गड़ई (लोटा) तो भर दे, ठंडे पानी की, बड़ी जोर से प्यास लगी है। रामकली मटके से एक लोटा पानी से भरकर उसके सामने रख देती है और बाहर को देखती है कि शाम हुई या नहीं?

दुरगिया-मौड़ी किते ध्यान है तेओ, आज कऊँ जाने है का?

रामकली कोई जवाब नहीं देती। दुरगिया आँगन में एक खटिया बिछाकर लेट जाती है।

दुरगिया-मन-ही-मन बोलती है-हे राम आज तौ बहुत हार गई। करहाई दूखी जा रई, तनक आराम कर लऊँ फिर देखत हों घर कौ काम राम कली बेरों की पोटली जो वह कुये की मोठी वेरी से तोड़कर लाई थी। उठाकर घर से बाहर निकलते हुए माँ से कहती है-

रामकली—मताई मैं अबै आउत तनक देर में। दुरगिया थकान के मारे खटिया पर निढ़ाल होकर पड़ी थी। उसने रामकली की बात जाने सुनी कै नई, पर उसने कोई जवाब नहीं दिया।

रामकली भी बिना जवाब सुने घर से निकल गई।

नारान सेठ के जासूस देवी और करन को यह बात पता चल गई थी। एक दिन पहले ही देवी ने सेठ के पास खबर कर दई थी कि कल शाम को भैयालाल रामकली से शाम के समय बाग में मिलेगा, उस समय वह अकेला होता है। उसके आदमी फड़ पर आराम करते हैं। वह अकेला ही रामकली से मिलने को निहत्था जाता है।

भैयालाल और रामकली बाग में एक पेढ़ के नीचे बड़े से पत्थर पर बैठे थे। दोनों बातों में मशगूल थे। राम कली ने बेरौं की पोटली खोली और भैयालाल को खाने को दी, जिन्हें उसने पहले से मीठी झरिया से तोड़कर रखे थे।

भैयालाल—बड़े मोठे बेर हैं काँ से ल्यायी?

रामकली—काँ से ल्यायी? ढूँढ़े तव मिले, एसेई मिल जात का?

मुखिया के खेत पर एक मीठी जरिया है, बई हलाई और बीन ल्यायी। मीठे हैं?

भैयालाल—भौत मीठे हैं बिल्कुल शक्कर से लग रये।

भैयालाल ने साड़ी निकालकर दी, जिसे वह बबीना से लाया था और पीछे छिपा रखी थी।

रामकली चहकते हुए—मेय लाने? अरे जा तौ बड़ी अच्छी है। इतके चाहत मोय? अच्छी साड़ी ल्याऔ।

भैयालाल—कछू बता नई सकत कै कितेक चाहत? समझ लौ भौतई चाहत। अपई जान सें ज्यादा।

रामकली—मैं तो ऐसेई जानत ती।

प्यार होने के बाद भी दोनों अलग-अलग बैठे थे और दूर से ही बातें कर रहे थे। उस समय ऐसो स्थिति की कोई कल्पना भी नहीं कर सकता

था। समय ऐसा था, जिसमें सामाजिक मर्यादाएँ होती थीं। किसी क्षेत्र में विरले ही होते थे, जिनको प्यार हो जाता था वे पूरे क्षेत्र में विख्यात हो जाते थे। ऐसी ही लैला-मजनूँ की कहानी प्रसिद्ध हो गई थी।

नारान सेठ के आदमी आज पूरी तैयारी से थे कि आज किसी भी प्रकार से भैयालाल निकल न पावे। लगभग 12 आदमी धीरे-धीरे अपने-अपने हथियार लिये भैयालाल की ओर दबे पाँव बढ़ रहे थे। उन्होंने भैयालाल और रामकली को चारों ओर से घेर लिया था। अचानक रामकली की नजर सामने से आ रहे आदमियों पर पड़ी, जो लाठियों से लैस थे। रामकली को मिच्चू दादा और नारान सेठ की दुश्मनी के बारे में पता था। भैयालाल ने उसे सब बताया था। यह भी बताया था कि इसी कारण वह अपने आदमियों सहित इस क्षेत्र में रहता है। रामकली चिल्लाई-भैयालाल बचो।

भैयालाल और रामकली फुरती में खड़े हो गए। मारने वाले एक क्षण के लिए ठिठक गए। सब लोग स्वापी (तौलिया) से अपने मुँह बाँधे थे। किसी को भी पहचानना मुश्किल था। भैयालाल चिल्लाया-'वई के बाप' मान हौ नई, आई गए मरवे खों। रामकली खों जान दो, बाकी कछू गलती नइया।

चारो ओर से लठैत आगे बढ़े। वे अपने-अपने लट्ठ मारने की मुद्रा में ऊपर उठाए थे। सब चिल्लाए-मारो, भागन न पावै। और एक साथ सारे के सारे भैयालाल पर झपट पड़े।

भैयालाल अच्छा खिलाड़ी था। उसने एक-दो लोगों के वार बचाए, तीसरे ने जैसे ही लट्ठ मारा, उसने ऊपर ही पकड़ लिया और एक जोरदार झटके से उसे गिरा दिया और उसी के लट्ठ से उस पर वार करने लगा।

भैयालाल चिल्लाया-रामकली भाग-रामकली भाग।

रामकली ने दौड़ लगाई दो। व्यक्ति उसके पीछे लट्ठ लेकर भागे। आगे रामकली भाग रही थी, पीछे से दोनों आदमी चिल्ला रहे थे।

भाग खै कहाँ जै है? भगन न दै हो। यह कहकर उसने रामकली पर वार किया।

रामकली तेज भागी, जिससे उसका वार खाली गया। अचानक रामकली रुकी और मुड़कर खड़ी हो गई।

रामकली—मताई को दूध पियो होय तो आ जाओ। उसने दोनों हाथों में दो पत्थर उठाए और उन लोगों पर पत्थर चला दिए दोनों पत्थर खाली गए। इस अचानक हमले से वे दोनों हड़बड़ा गए उन लोगों को इस हमले की उम्मीद नहीं थी। इतने में बिजली की फुर्ती से रामकली ने और पत्थर उठाए और उन पर बरसाने लगी। अब उनके लट्ठ बेकार साबित हो रहे थे। वे अपने आपको पत्थरों से बचाने में लगे थे। एक व्यक्ति के शिर में पत्थर लगा, उसके सिर से खून बहने लगा, वह चिल्लाया 'मार डाला' और दोनों हाथों से सिर पकड़कर बैठ गया। दूसरा आदमी पत्थरों से बचने के लिए पीछे को भागने लगा। रामकली पहले वाले आदमी की ओर लपकी, उसका डंडा उठाकर उस पर चार-पाँच वार किए।

रामकली—लट्ठ मारते हुए। लै, और लै मोखो मारवे आओ, तौ अब मार। अब बताऊँ तोय कैसे मारौ जात।

दूसरे आदमी की ओर चिल्लाई आजा, अब मार, दम है तो अब मोनौ भी लट्ठ है। लौट आ, काये भग रओ।

रामकली लट्ठ लेकर सीना तानकर खड़ी हो गई। उसका यह बदला रूप देखकर किसी में उसकी ओर जाने का साहस नहीं हुआ। उधर भैयालाल को लट्ठ मिलते देख बाकी लोग घबरा गए। वे सब जानते थे कि भैयालाल के हाथ में अगर लट्ठ हो तो कोई भी उसका बाल बाँका नहीं कर सकता।

भैयालाल ने दोनों हाथों से लट्ठ घुमाना शुरू किया, जिससे सब पीछे की ओर खिसकने लगे। वे बार-बार भैयालाल पर वार करने की कोशिश करते, लेकिन भैयालाल की लट्ठ घुमाने की तेजी के सामने उन्हें पीछे हटना पड़ता था।

भैयालाल दोनों हाथों से बिना रुके लट्ठ घुमा रहा था और बीच-बीच में उन आदमियों पर प्रहार कर रहा था। धीरे-धीरे एक-एक आदमी गिर रहा था। एक लट्ठ गिरे हुए आदमी में भी जमा देता था। इस हमले से घबराकर सब हमलावर चिल्लाए-भागों, नई तौ आज नई बच रये। सारे के सारे गिरते-पड़ते भागने लगे। उनमें से एक को भैयालाल ने दौड़कर पैरों में लट्ठ मारा, जिससे वह जमीन पर गिर गया और भाग नहीं सका। भैयालाल ने उस पर और प्रहार करना चाहा, तो वह गिड़गिड़ाने लगा।

आदमी-छोड दै भैयालाल, मौ सें का दुश्मनी है ?

भैयालाल—दुश्मनी नइयाँ तो, मारवे काय आए ते।

आदमी-बता रऔ, बता रऔ, मारै जिनै (मारो मत) साँची कै रऔ, जा सब दिलीप की चाल है। मैं तो आन नई चाउत, तौ, वौ जबरदस्ती लुवा लाऔ।

भैयालाल—मैं कुन कसाई हों, भगजा, जाकै कै दिओ अँपयें मालिक सैं के जौ तुमने अच्छौ नई करौ। दम हती तौ आमू-सामू लड़ते। जा, अब सेठ से कइये, बच कै रये मोसे, अवै तो मैं नई बोलत तो, अब छोड़ हो नई।

लड़ाई की बात फड़ पर पहुँच जाती है। फड़ पर बैठे लगभग 10 आदमी डंडे लाठी लेकर बाग की ओर भागते है। भैयालाल उन्हें रास्ते में वापस आते हुए मिलता है। उसकी साँसें तेज चल रही थीं सबने उसको घेर लिया।

क्या हुआ, हमने सुनी मारवे आए थे ?

भैयालाल—कछू नई, आए थे, सो मैंने सबखौं समझा दऔ, अकेले, अब सेठ खों नई छोड़नें। जा बात पक्की है।

देशराज-मैं जानत तौ के एक दिना जौई हुइये। तैं मानत कॉ है। अकेलो नई जाने तौ तोय।

भैयालाल—काय, डर परे का काउके, चलौ वापस फड़ पै। आज तौ मोय भौत गुस्सा आ रई। इत्ती हिम्मत हो गई कै मोइखै मारवे आ गये!

देशराज–अरे भइया, तै जानत तौ, तौउ तैं अकेलौ चलौ गऔ, तोय भी तौ जुबानी चढ़ रई है! सब गाँव में हल्ला है कै भैयालाल ने जौ का करौ? बातें करते–करते सब फड़ पर आ जाते हैं। भैयालाल मटके से पानी पीता है तथा हाथ–पैर धोता है।

भैयालाल—मंशा भइया, तनक चाय तो बनवा दो काउ सै।

मंशाराम—कलुवा, सबखों चाय बना दै।

कलुवा–अवै तौ रोटी को टैम होवे बारौ है।

मंशाराम—बातें जिन बनाय, चाय बना लै, चुपचाप, रोटी बाद में खैहें, तनक सुस्ता लन दै।

मंशाराम—सब जनै बैठे हो, जौ बताओ कै जौ सोड़ कौन ने दऔ? कोउ न कोउ तो है, जो इतै की उतै कर रऔ।

देशराज–सब जनै सोचो को हो सकत?

मंशाराम—एक बात मोय बिलात (बहुत) दिना से खटक रई, पर मैने कई नइया।

देशराज–का बात है?

मंशाराम—कछू दिनन से देवी और करन आन लगे फड़ पै। आकैं बैठे रहत, इतै–उतै की बातें करत और चले जात। कौनउ दिना एक जनौ आ है, कबहूँ दोई संगै आहै। ना पत्ती ल्याउत, ना कछू काम होत।

देशराज–जा बात पैलें काय नई बताई, जरूर कछू गड़बड़ है।

भैयालाल—चाय पीते हुए दो जनै जाओ और दोइअन खो लुवा कै ल्याओ ना आवै तौ जबरदस्ती लैकैं आव।

लगभग आधा घंटे बाद भैयालाल द्वारा भेजे गए आदमी अपने साथ देवी और करन को लेकर आते हैं।

देवी और करन–का काम है भैयालाल, कैसौ बुलाओ?

भैयालाल—तुम दोई सेठ की जासूसी कर रये हौ?

देवी–का कै रऔ, कसम से, मैं ऐसौ काय खों कर हों?

भैयालाल—करन तै, बता साँची-साँची।

करन-जा कौन नै कई भैयालाल जा बात साँची नइयाँ।

भैयालाल गुस्से में उठकर दोनों में एक-एक तमाचा लगाता है।

भैयालाल—साँची-साँची बता दो ठीक से

काय मरवे कौ डौल कर रये!

दोनों फिर अनजान बनने की कोशिश करते हैं।

भैयालाल—बाँध दो दोउअन खौं नीम के पेड़ सें। दोनौं को पकड़कर नीम के पेड़ से बाँध दिया जाता है। भैयालाल हाथ में लट्ठ लेकर उनके पास जाकर मारना शुरू करता है।

अचानक दोनों बताने को तैयार हो जाते हैं और सारी बात बता देते है।

भैयालाल—बँधे रैन दो रातभर, अकल ठिकानें लग जै हैं।

दिलीप और करन-छोड़ दो भैयालाल, बतातौ दई सब बातें, राम कौ कौल, अब कबहूँ नई जैहे सेठ के इतै, कौल खात, अपने घरै ही रैहै, गलती हो गई, लालच में आ गए थे।

सब लोग बैठकर खाना खाते हैं। खाना खाकर सब सेठ की बुराई करने लगते हैं।

मंशाराम—भैयालाल जान दै, इनै, छोड़ दे, भौत सजा दै लई।

भैयालाल—बँधे रन दै मंशा भैया, सवेरे छोड़ दैहै।

मंशाराम—देशराज छोड़ दै, जान दै, वे कौल खा रये है।

देशराज भैयालाल की ओर देखता है, फिर जाकर दोनों की रस्सी खोल देता है।

देशराज दोनों से-ख्याल रखियो, नई तौ फिर समझ लियो, मैं छोड़ रऔ, अंपई गारंटी पै।

दोनों छूटने पर तेज कदमों से गाँव की ओर चले जाते हैं।

सवेरे का वक्त था। मिच्चू दादा अपनी पौर में खटिया पर बैठे थे।

सामने जमीन पर 10 आदमी बैठे थे। भैयालाल पर हुए हमले का प्रकरण चल रहा था। भैयालाल एक ओर खड़ा था।

भैयालाल—दादा, अब बहुत हो गई। अब तौ कछू आज्ञा दो। ऐसे नई बैठ सकत।

मिच्चू दादा—सही कै रऔ तें, वाने तौ हद ही कर दी।

बृजलाल—दादा, अब तौ जरूर कछू करनै पर है। उनकौ भौत मन बढ़ गऔ है। जा मारपीट सै का करन चाहत?

मिच्चू दादा—वो जौ सोच रऔ के ऐसे हमें डरा लै हैं। हम अपने फड़ बंद करदें, जलन होत सेठ खो।

लालाराम—हम तौ कछू उल्टौ सीधौ कबहूँ करत नइयाँ। अपने काम में मन लगाउते है। और सेठ खो जेई उल्टी सीधी सूझत है।

बृजलाल—डरा हैं काये, अपनौ गाँव है। सब जनै अपने साथ हैं डरावै तौ सेठ! इन्हे आदमी काँ से मिल जात?

मिच्चू दादा—अरे पैसा फैंकत पैसा, सब आदमी अगल-बगल के गाँवन के हैं। वे पैसा लेकें काम करत हैं।

भैयालाल—दादा, अब मोय जिन रोकियो। मैं उनै बता दै हों कै दुश्मनी कैसी होत!

मिच्चू दादा—शांत रह, कछू उल्टौ सीधौ नई करने, हम-हम हैं और सेठ-सेठ है, हम वा के जैसो नीच काम नई कर सकत। अपन खों साँचे मैई भगवान् दार-रोटी दै रऔ।

बृजलाल—दादा, पुलिस में रिपोट कर दो। वे सब निपटा दैहैं। सब खो समझा दे हैं।

लालाराम—करी तौ हती रिपोर्ट, का भऔ बाको? सेठ सबखों दाना-पानी देत। जी से वे बाइकी बगलै बोलत। देखबे-दिखाबे खों पुलिस बारे भेज देत। कोउ जाने बड़ी कार्यवाही हो रई है!

बृजलाल—पुलिस तौ देखवे की है। बे सूदे और गरीबन पै रौब दिखा पाउत। पैसा वारेन कौ कछू नई करत। उल्टी उनकी जी-हजूरी करत।

लालाराम—पैसा खौं सब सलाम करत भइया जौ जमानौ पैसा वारेन कौई है। गरीब खौं को पूछत? काफी देर तक बातें होती रहीं, लेकिन कोई निष्कर्ष नहीं निकला सब लोग उठकर अपने-अपने घरों को चले गए रात को भैयालाल को नींद नहीं आई। उसके अंदर तूफ़ान-सा मचल रहा था। यह बात उसे बहुत खटक रही थी कि लोगों की इतनी हिम्मत हो गई कि उस पर हमला किया! वह भी तब, जब वह रामकली के साथ बैठा था! अगर रामकली इतनी तेज-तर्रार न होती तो जाने क्या होता? मैं अपने आप को बचाता या रामकली को? आज हम दोनों का कुछ भी हो सकता था? वे लोग पूरी तैयारी से आए थे। और मैं निखटक (निश्चिंत) बैठा था। अगर रामकली ने न देखा होता तो वे निश्चित रूप से एक साथ हमला करते। अगर एक लट्ठ सिर में लग जाता तो मैं वहीं ढेर हो जाता और रामकली को जाने का हो तौ? भैयालाल रामकली के सामने हमला होने को अपनी बेइज्जती समझ रहा था। इसी उधेड़-बुन में कब सवेरा हो गया, भैयालाल को पता ही नहीं चला।

अब भैयालाल का दिमाग सोच नहीं पा रहा था कि क्या करे? अचानक उसके दिमाग में एक विचार आया। काफी सोच-विचार के बाद उसने आखिर निर्णय ले ही लिया।

शाम का समय हो गया था। सब खाना खाकर सोने चले गए। भैयालाल कल्लू ड्राइवर के पास गया, बो सोने ही वाला था।

भैयालाल—कल्लू उठ तो।

कल्लू—अरे भैयालाल का बात है?

भैयालाल—उठ ट्रक लैकें चलने हैं।

कल्लू—जा बेरै, किते चलनें?

भैयालाल—उठ, ट्रक स्टार्ट कर, बाद में बता हों।

कल्लू—काँ चलनें? दादा खौं पतौ है कि नहीं?

भैयालाल—काउखो नई पतौ और न बताना है।

कल्लू—अरे का करै चाहत, कितै जाने ?

भैयालाल जबरदस्ती कल्लू को ट्रक लेकर चलने को राजी कर लेता है। अपने साथ अपने चार साथियों को लेकर भैयालाल ट्रक गाँव की ओर ले जाता है।

कल्लू—कॉ चलने बता तो दे ?

भैयालाल—सरवाँ गाँव में सेठ के फड़ पै चलने।

कल्लू—आश्चर्य से सेठ के फड़ पै ? जा वेंरै ?

भैयालाल—हओ चल, गैल पतौ है। अब ट्रक की लाइट बुझा दे।

कल्लू ट्रक की लाइट बुझा देता है, उसे सारे रास्ते पता थे। अँधेरे में भी वो ट्रक चला लेता था। ट्रक सेठ के फड़ के पास रोककर भैयालाल ने आदमियों से कहा।

भैयालाल—जल्दी, जल्दी झालें लाद लो। चारों आदमियों ने डरते-डरते फड़ पर भरकर रखी गई झालें ट्रक पर लादना शुरु कर दी। जब सारी भरी झालें ट्रक में लद गईं तो कल्लू बबीना बाड़े में ट्रक लेकर आ गया। सारी झालें उतारकर रख दी गई। सब अपनी-अपनी जगह सो गए।

सुबह सब उठकर रोज जैसे अपनी दिनचर्या में लग गए। किसी को भनक तक नहीं लगी कि रात में क्या हुआ ?

सरवाँ गाँव में सवेरे जब फड़ का चौकीदार सूर्य निकलने से पहले रोज की भाँति सोकर उठा, उसने अपने दैनिक क्रिया कर्म किए। जब तक सूरज निकल आया। अचानक उसने देखा कि पत्ती की भरी झालें गायब हैं। उसे अपनी आँखों पर विश्वास नहीं हुआ। कल दिन भर झालें भरवाई थीं, और एक ओर रख दी थीं कि कल सेठ का ट्रक आएगा और झालें ले जाएगा। उसने सोचा शायद रात में ट्रक आया हो और झालें भर ले गया हो ! लेकिन अगर ट्रक आता तो दिन में आता। आज तक सेठ ने ट्रक कभी भी रात में नहीं भेजा। उसे कुछ समझ में नहीं आ रहा था कि क्या हुआ होगा ? उसने पड़ोसी को आवाज लगाई।

जिसका खलिहान पास में ही था, उससे पूछा कि रात में ट्रक आया था क्या ? उसने भी कहा कि मुझे तो नहीं पता। ट्रक आता तौ पता चलता। चौकीदार अभी मामले में उलझा ही था कि उसे सेठ का ट्रक आता दिखाई दिया। ट्रक अंदर फड़ में आ गया। ड्राइवर ने उतरकर चौकीदार को राम-राम की। अब तो चौकीदार घबड़ा गया था उसने ड्राइवर को सारी बात बताई। ड्राइवर ने रात में आने से मना किया, बोला, मैं तो अभी आया हूँ। कल सेठजी ने कहा था कि सवेरे जल्दी चले जाना सरवाँ से झालें लाने हैं।

ड्राइवर खाली ट्रक वापस ले गया और जाकर सारी बात सेठ को बताई। सेठ भी असमंजस में था कि क्या हो सकता है ?

अगली रात को फिर भैयालाल अपने आदिमियों सहित ट्रक लेकर ग्राम पाठक पुरा के फड़ पर पहुँचा और वहाँ की सारी भरी हुए झालें ट्रक में लादकर वापस आ गया।

यह क्रम रोज चलने लगा। रात में ट्रक जाता और जिस फड़ पर झालें भरी होतीं वहाँ से सारी झालें भर ले जाता। किसी को आहट तक नहीं होती।

बिन्दे—भैयालाल जा बात अच्छी नइयाँ, कौनऊ दिन पकरे गए तौ पुलिस लट्ठ बजा है।

भैयालाल—मोय तौ सेठ की अकल ठिकानें लगानें, चाहे फिर जेल जानें परै।

बिन्दे—तौ एक काम कर, सबरी झालें बाड़े में जिन धरवा, पकरे जै हैं। कँऊ और धरवा दे।

भैयालाल—ठीक है, मैंने भी जई सोची थी। मैंने सलैया गाँव में बात कर लई है। बासें किराये पै बाकौ खलिहान लै लऔ है। बो गाँव से अलग पड़त है और बाकौ खलिहान भी गाँव के बाहर एकाँत में है, उतै कोऊ आत-जात नइयाँ।

बिन्दे—जौ अच्छौ सोचो, तैं तो मोसें भी आँगे की सोच लेत।

नारान सेठ के जितने फड़ थे, एक-एक करके सब फड़ों से पत्ती से भरी झालें गायब हो रही थीं।

कमाल की कहै या आश्चर्य की बात, कि जिस फड़ से झालें रात में गायब होती थीं उनकी भनक न तो वहाँ के चौकीदार को होती थी और न आसपास के खलिहान वालों को। आजतक लगभग सभी फड़ों से झालें गायब हो चुकी थीं।

नारान सेठ ने पुलिस की शरण ली। सेठ ने फड़ों से पत्ती भरी झालें गायब होने की रिपोर्ट लिखाई।

दरोगा अंगद सिंह ने सब फड़ों पर और गाँव में अपने सिपाही गहन तहकीकात करने के लिए भेजे, लेकिन सिपाहियों को कोई सुराग नहीं लगा। वे हारकर वापस आ गए।

नारान सेठ चिंता में थे कि यह हो क्या रहा है? सेठजी अपने घर पर बैठे थे। पास में ही उनके खास पाँच-छह आदमी बैठे थे। विचार-विमर्श चल रहा था।

हल्के—सेठजी, मोय एक बात समझ में आ रई, कहौ तो कऊँ?

नारान सेठ—बता, का बात है?

हल्के—होय न होय मोय कछू ऊपरी चक्कर लगरऔ। काय कै पुलिस ने भी पूछताछ कर लई और हम सब भी लगे हैं और कछू पतौ नई पर रऔ।

भगवानदास—लग तौ ऐसोई रऔ।

नारान सेठ—तौ कैसे पतो चल है? कोउ है, जो कछू बता पाय।

भगवानदास—मैंने सुनौ है बगल के गाँव में हल्ला माते नाव कौ एक जनवा है, वौ सब बता देत। जब गाँव में काऊ खों ऊपरी चक्कर होत, तब बाके पारा जात। बाके झाड़े से सब अच्छौ हो जात।

नारान सेठ—भगवानदास तै चलौ जा और पूछकर आ, वो का बताउत।

भगवानदास—आपई खों चलने पर है, कौन दूर है? काल चलो।

नारान सेठ—ठीक है चलहों, संगे चलिए।

भगवानदास—हओ, सब जनै चलहै।

अगले दिन सुबह सब लोग नारान सेठ के घर इकट्ठे हो जाते हैं। नारान सेठ के ट्रक मैं बैठकर सब हल्ला माते के घर पहुँचते है। वहाँ पर हल्ला माते बैठा था। वह भभूति लगाए था। सामने कंडों की अंगीठी जल रही थी। पास में नींबू के फल रखे हुए थे। एक थाली में पूजा का सामान, जिसमें रोली, हल्दी, चावल, लोंग, इलायची आदि अस्त-व्यस्त रखे थे। अँगीठी के बगल में एक लोहे की साँग (त्रिशूल) गड़ी हुई थी। सब लोग राम-राम कर पास में बैठ गए।

हल्ला ने सेठजी को देखा तो सबको पीछे हटने को कहा।

हल्ला—सेठजी, राम-राम, जा गरीब पै कैसी कृपा करी? पधारो। इतै बैठो दरीपै।

भगवानदास—तेंई बता कैसे आये, कैसो जनवा है?

हल्ला—बता हों, कायन बता हों।

हल्ला ने एक नींबू उठाया, कुछ लौंग हाथ में ली, अँगीठी से भभूति उठाई। इन सबको हाथ में लेकर कुछ बुदबुदाने लगा। कुछ देर शांत रहा। सब लोग आश्चर्य से देख रहे थे। हल्ला ने नींबू जमीन पर रखा और बाकी सामग्री अग्नि में डाल दी।

हल्ला—हूँ, तो जा बात है, फड़ से झालें चोरी हो रई है।

भगवानदास—हाँ, जई बात है। जा बता कै कौन की कारस्तानी है?

हल्ला—बता तौ दे हों। पूजा दैनै पर है।

भगवानदास—पूजा दैहै, बता तो।

हल्ला—तौ भइया सुनो, ऊपरी चक्कर है। एक जिन्न है, जो नाराज हो गऔ है, बोई कर रओ सब, काऊ, खों कछू पतौ नई चल है।

हल्के—पतौई तौ नई चल रऔ। पुलिस ने भी छानबीन कर लई।

हल्ला—पुलिस कछू नई कर सकत। जौ काम पुलिस के वश में नइयाँ।

हल्के—जौ सब ठीक हो जाय। जेसी कैहो, पूजा दै है। तैंई करिए सब सेठजी ना आ है अब।

हल्ला—जिन्न खों खुश करने पर है, सब ठीक हो जै है।

हल्के—बता कितेक खर्चा आ है?

हल्ला—काल आ जइए बता दै हों।

रविवार खों पूजा हो जै है।

नारान सेठ साथ मैं नारियल और इलायची दाना प्रसाद के लिए लाए थे, वो सब सामान हल्ला को दे दिया था। हल्ला सब लोगों को नारियल का टुकड़ा, इलायचीदाने, अग्नि की भभूति मिलाकर प्रसाद के रूप में देता है।

हल्ला—सेठजी चिंता जिन करो। इतवार के दिन पूजा के बाद सब ठीक हो जै है, मैं हल्के खों खर्चा बता दै हौ। मैं सामान लै आ हो, तुम न ल्या पैहो, जा पूजा कौ सामान, आप तौ घरै बैठो।

हल्के नारान सेठ से हल्ला द्वारा बताया गया खर्चा लाकर हल्ला को दे आता है।

नारान सेठ कुछ निश्चिंतता अनुभव करते हैं काम यथावत् चलने लगता है।

हल्के—सेठजी मैंने कई ती कै ऊपरी चक्कर है देखो अब सब सही हो गओ।

नारान सेठ—मोय तो विश्वास नइयाँ इन बातन पर। तुम सबनै कई, सो मैंने मान लई।

कुछ दिन ही मामला शांत रहा। दुबारा वही सब होने लगा, झालें चोरी होने लगीं और किसी को पता नहीं चलता था।

नारान सेठ फिर चिंता में बैठे थे। समझ नहीं पा रहे थे कि ये क्या हो रहा है? कोई आदमी हो तो उसका इलाज किया जाय या पुलिस से पकड़वाया जाय!

सेठ के आदमी भी चिंतित थे कि जिन्न का बन्देज हो गया, फिर

भी वही होने लगा! क्या बन्देज का असर खतम हो गया? क्या फिर से हल्ला के पास जाना चाहिए?

हल्के—अब का करैं चाहिए सेठजी, समझ में नहीं आ रहा।

सेठजी—बेकार में भूत-प्रेत के चक्कर में पड़ गए। मैंने पहले ही कहा था कि भूत-प्रेत कुछ नहीं होते। सब अंधविश्वास है। मैं कबहूं भी वाके पास ना जातौ। तुम सब लिवा लै गए।

हल्के—तौ का करै, कैसे पतौ चल है? कहत है कै "टाठी (थाली) हिरात तौ गागर में हाथ डारत" आपई बताओ का करै चइये, जी सैं चोर को पतौ चल जावे। ऐसौ को चोर है, जो दिखाई नई देत?

नागन सेठ-दिमाग ही काम नहीं कर रहा।

हल्के—आप कऔ तौ बैठक करवाएँ। खाती बाबा सब बता दे हैं।

नारान सेठ—फिर तैनै वई बात करी। नई बैठाने बैठक, जरूर कोउ है जो जे सब कर रऔ, और पकर में नई आ रओ। चौकीदार के संगै और आदमी भी लगाए, फिर भी नई पतौ चल पाओ।

हल्के—सेठजी, चौकीदार और मेट मिल कै तो नई बेच देत झाले?

नारान सेठ—नई ऐसो नईया। ऐसो होतो तौ एक-आध फड़ पै होतौ। सबरे मेट और चौकीदार ऐसो नई कर सकत। पुलिस ने भी पड़ताल कर लई है, कछू होतौ तौ सामने आ जातौ।

□

भैयालाल बाड़े में अपने आदमियों के साथ बैठा था। बातें चल रही थी।

रघुवीर—भैयालाल इतने दिना हो गए अपन खो, जी फड़ पै जात काउखों पतौ नई चलत, अपन आराम से झालें उठा कै लै आउत।

केशव—जई तौ मैं सोच रऔ, ऐसौ का जादू कर देत तैं कै सब गहरी नींद में सोउत रत, पुलिस खों भी पतौ नई चलो।

भैयालाल—जान दो, मोय तौ सेठ की अकल ढिकाने लगाने। चाय कछू करनै परै।

रघुवीर—तोय बतानै तौ पर है।

भैयालाल—टैम आन दो, सब पतौ चल जै है।

केशव—भैयालाल, मेई कसम है, आज तौ बता दे।

भैयालाल—नई मानत तौ सुनो, अकलै काउ खौ पतौ न चलै, नई सब करे कराये पै पानी फिर जै हैं। मेई समझ से राज बनौ रन दो जई मैं भलाई है। पर सब लोग उस पर बताने के लिए जोर डालते हैं।

भैयालाल—तौ सुनो, मैंने सेठ के आदमियन से जौ काम कराऔ है। कहावत है कि "काँटे से ही कॉटौ हेरत" सेठ के दो आदमी देवी और करन हमाये फड़न की खबर सेठ खौ देत ते, जब वे पकड़ में आए तौ मैंने उन्हें पुलिस खौ जई शर्त पै नई सौपौ तौ कै अब तुम हमारे लाने काम करहौ, तौ मैं तुम्हें पुलिस खौ नई दै हो। वे राजी हो गए मैंने उन्हें अकेले में बुलाऔ और सब बात समझा दई। उनसे कई कै जैसे अवै तुम दादा के फड़न पै जात ते और सब सूचना सेठ खौ देत हते, वैसे ही अब सेठ के फड़न पै जइयो। जी फड़ पै झालें भरी गई होय, वा फड़ की सूचना हमें दै दइयौ। मैंने उनसे कही कै रात के टैम फड़ पै जइयो और चाय जरूर बनवाइयो, अगर झालें भरी होय तो आसपास के खलिहान वालों के भी चाय पीवे टेर लियो। मैंने उन्हें नींद की दवाई दई थी। अपनी चाय छोड़कर बाकी सबकी चाय में कछू बहानौ करकै नींद की दवाई डार दियो। वे सब गहरी नींद में सो जै हैं और अपनौ काम हो जै हैं। अधिकतर फड़ों पर जे लोग खुद चाय बनाते थे। जहाँ चौकीदार चाय बनाता, वहाँ किसी बहाने चौकीदार को आसपास भेजकर सबकी चाय में दवाई मिला देते थे। जा चाल हती अपनी, अब कसम खाओ कै जा बात काउ सें नई कै हौ, दादा खो तक जौ सब पतौ नइया। अगर उन्हें पतौ चलौ तौ वे मोय मार डार हैं।

उधर जब से क्षेत्र में फड़ से झालें चोरी होने की बात फैली फड़ों पर पत्ती बेचने आने वाले धीरे-धीरे कम होने लगे थे। गाँव वाले जिन्न से भय खाने लगे थे कि कहीं हम उस जिन्न के चपेट में आ गए तौ बेकार में जान गँवाने पड़ है।

दादा के आदमी भैयालाल की चालबाजी सुनकर अवाक् रह गए।

केशव—मैं तो तोय सीधौ-साधौ जानत तौ, तै तौ बड़ौ चालाक है। ऐसी तौ कोऊ सोचई नई सकत। उनके आदमियन खौ उनई के खिलाफ लगा कै अपनौ काम बना लऔ!

भैयालाल—सब करनै परत, विश्वनाथ बब्बा सबखौ गैल दिखाउत।

किसी ने सच कहा है कि बात जब तक एक आदमी तक रहै, तभी तक छिपी रह सकती है, जहाँ एक से अधिक आदमियों तक पहुँची, तो छिपी नहीं रह सकती, फैल ही जाती है। हुआ भी वही, यह रहस्य धीरे-धीरे फैलने लगा और बात सेठजी तक पहुँच गई, सेठजी भी इस चाल को सुनकर आश्चर्य में रह गए।

नारान सेठ थाने पहुँचे और भैयालाल देवी और करन की नामजद रिपोर्ट थाने में की। थानेदार ने उन तीनों को पकड़कर थाने में बंद करने का आश्वासन दिया।

पुलिस इंस्पेक्टर अंगद सिंह ने अपने दो सिपाहियों को पहले मिच्चू दादा के घर पर भेजा और तीनों को पकड़कर लाने को कहा। जब यह बात क्षेत्र में फैली तो इस बात का पता भैयालाल को चला। भैयालाल जानता था कि सेठ का अगला कदम पुलिस की सहायता लेना ही होगा। उसने देवी और करन को बुलाया और तीनों जंगल में भाग गए।

जब मिच्चू दादा को पुलिस ने सारी कहानी बताई, तो मिच्चू दादा ने अनभिज्ञता जाहिर की।

मिच्चू दादा पुलिस कॉस्टेबिल से बोले–मुझे कुछ पता नहीं इस बारे में। मैं कभी भी, किसी को ऐसा करने का आदेश नहीं दे सकता। भैयालाल ने मुझे कुछ नहीं बताया।

वीरेंद्र सिंह—दादा चलो, आपको दरोगाजी ने बुलाया है।

मिच्चू दादा कपड़े पहनकर अपनी छड़ी लेकर दोनों कॉस्टेबिलों के साथ थाने पहुँचते हैं।

मिच्चू दादा—दरोगाजी राम–राम।

अंगद सिंह—राम–राम दादा आओ, जौ का करवा रये, बड़े दिमाग से खेल खेलौ है।

मिच्चू दादा—दरोगाजी मुझे कुछ नहीं पता अगर भैयालाल मुझे बताता तो मैं कभी ऐसा नहीं होने देता। जे बातें ठीक नइयाँ।

अंगद सिंह—सही–सही बताओ, ठीक नइयाँ से काम नई चल है।

मिच्चू दादा—दरोगाजी, आप इतने दिनौ से हमें जानते हैं। आप ही बताओ कि हम ऐसा कर सकते हैं क्या ?

अंगद सिंह—भैयालाल को कहाँ छिपा रखा है ? उसे हमारे पास भेज दो, अगर हमने पकड़ा तो उसके लिए अच्छा नहीं होगा।

मिच्चू दादा—आजकल तो वो ज्यादातर गाँव में ही रहता है, कभी–कभार इधर आता है। जब से उस पर हमला हुआ है, तब से वह गाँव में ही रहता है।

अंगद सिंह—गाँव में कहाँ मिलेगा ? अपना आदमी भेजकर बुलवा लो। आकर हमसे मिले।

मिच्चू दादा—ठीक है, बुलवा लेते है और उसे अच्छी तरह समझा देंगे। आप निश्चित रहो।

अंगद सिंह—समझाएँगे तो हम, नारान सेठ ने कागजद रिपोर्ट की है, अब बात आपके हाथ में नहीं है। अब मामला पुलिस का है।

मिच्चू दादा—समझा दैहों दरोगाजी, अब कभी कुछ गड़बड़ नहीं करेगा, माफ कर दो। मूरख है, गलती हो जात।

अंगद सिंह—आपको गलती लग रही है?

अंगद सिंह—समझ लो दादा, अगर भैयालाल को हाजिर नहीं किया तो आपको बंद कर दूँगा।

मिच्चू दादा—समझ गऔ दरोगाजी, आजई बुलाउत हों।

अंगद सिंह—जाइए और उसे लेकर आइए।

मिच्चू दादा ने अपने दो आदमियों को सारी बात समझाकर गाँव भेजा। दोनों आदमी गाँव पहुँचे। फड़ पर मंशाराम मिला।

लालाराम—मंशा भैया, भैयालाल ने जो का करो, पगला गऔ का? कितै है? बुलाओ तो! दरोगाजी बहुत नाराज हैं। दादा ने कई कै तुरतई भैयालाल को बुला खै त्यावो।

मंशाराम—करौ तौ ठीक नइयाँ, मगर जाने काँ है? दो दिना सें तौ फड़ पै भी नई आओ।

लालाराम—का कै रये मंशा भइया, पतौ करवाओ, कितै है? संगै लिवा लै जानें।

मंशाराम—कौन सें पतौ करवाएँ, जानै काँ हुइयै। बवीना जातौ तौ गैल में मिलतौ। एक-दो आदमी पौंचाउत आसपास के गाँव में, तनक आराम करो जब तक।

मंशाराम दो आदमियों को पास के गाँव में भेजता है और एक आदमी से गाँव में जाकर देखने को कहता है।

लगभग एक घंटा बाद गाँव में भेजा हुआ आदमी वापस आता है।

मंशाराम—काय रै मिलौ का?

वृगमान—काय खौं मिलौ सबसे गाँव में पूछ आऔ।

मंशाराम—काँ गऔ जौ नासमिटौ, अब कितै पतौ करें। रामकली खें तौ नई बैठौ।

वृगमान—वाखें भी पूछ आऔ, कैरई ती दो दिना से नई दिखानौ।

शाम को पास के गाँव में भेजे गए व्यक्ति भी खाली हाथ वापस आ जाते हैं।

भैयालाल के न मिलने पर दोनों आदमी वापस जाकर दादा को सारा किस्सा बताते हैं।

मिच्चू दादा—का हो गऔ जाखौं का करैया है? लगत है मोय जेल भिजवा है। वौ दरोगा मानवे वारौ नइयाँ।

मिच्चू दादा दोनों आदमियों को लेकर थाने जाते है, और दरोगाजी को बताते हैं कि मैने उन दोनों को भैयालाल को लेने भेजा था, लेकिन उसका कोई पता नहीं चला।

अंगद सिंह—लगे रहो, जैसे ही मिले, लिवाकर लाना थाने में। अभी जाओ।

भैयालाल इस बात से और गुस्से में हो गया था कि क्यों वो उन लोगों की बातों में आ गया और सारा राज बता दिया! कैसा अच्छा काम चल रहा था। फ्री में पत्ती मिल रई थी। बिना मेहनत के!

अब भैयालाल ने सेठ को सबक सिखाने का आखिरी रास्ता अपनाने की ठान ली। देवी और करन भी उसके साथ थे। वे सेठ से डरे हुए थे, क्योंकि सेठ को पता चल गया था कि वे दोनों भैयालाल से जाकर मिल गए और उसके लिए काम करने लगे। नारान सेठ बहुत गुस्से में था कि दोनों दोगले निकले। उन्हें ये पता नहीं था कि वे दोनों मजबूरी में डर के मारे उसका साथ दे रहे हैं वे सेठ का काम न करते तो आज इस मुशीबत में ना फँसते! अब मजबूरी है कि अगर भैयालाल को छोड़कर गाँव जाते हैं तो पहले तो सेठ अपने आदमियों से पिटवाएगा, फिर पुलिस को पकड़ा देगा। इससे अच्छा है भैयालाल के साथ ही रहै, जो होगा, देखा जाएगा जैसी बाबा विश्वनाथ की मर्जी!

भैयालाल रात के समय देवी और करन के साथ छिपता-छिपता मिच्चू दादा के घर जाता है।

मिच्चू दादा—भैयालाल अब आ रऔ कितै हतौ रे इतेक दिनन से? और तैने जौ का करौ, सेठ के फड़ से पत्ती की झालें चुराई, काँ लै गऔ सब झालें, मोय कछू नई बताऔ? इतेक बड़ौ हो गऔ

तैं कि अपने मन की करन लगौ और फिर करी तौ चोरी मैनै जोई सिखाओ तौ का?

भैयालाल—गलती हो गई दादा, चार जूता मार लो। मैंने मजबूरी में करौ सब, मैंने सेठ को का बिगारौ जो, वाने मोपै हमला करवाओ। अबै तलक सब सहत रऔ, वौ आपकौ नुकसान पै नुकसान करत रऔ, का भऔ, पुलिस ने भी कछू नई करौ हम काय सब सहत रयैं? बानै तौ मोय जान से मारवे कौ पिलान बनाऔ तो, कै भैयालाल खौ भरवा दो, फिर दादा कछू नई कर पैहें। सब जगा बाके अकेले को राज हो जै हैं।

मिच्चू दादा—अरे सब ठीक है, ऐसो नई सोचत। चलौ तीनउ जनै रोटी खा लो भूखे हुइयो। तीनों लोग बैठकर खाना खाते हैं। मिच्चू दादा तीनों को पुलिस के पास चलने को राजी इस शर्त पर कर लेते हैं कि थाने जाकर में तुम लोगों की जमानत करा लै हो, साँची-साँची दरोगाजी को बता दइयो, ऐसौ जुर्म नई करौ कै जाकी बड़ी सजा मिलहै। ज्यादा कै है तो जितेक झालें चोरी गई बता है, उतेक भरी झालें दै दै हों या उनकी कीमत अदा कर दै हो। ऐसे कितेक दिना छिपे फिर हौ पुलिस से।

सुबह नाश्ता करके मिच्चू दादा तीनों को लेकर पुलिस थाने जाते हैं। दीवानजी बैठने को कहते हैं दादा कुर्सी पर बैठ जाते हैं। बाकी तीनों लोग एक किनारे खड़े रहते हैं।

इस वारदात के बाद नारान सेठ ने एक आदमी को दादा के घर पर निगरानी के लिए लगा दिया था। वो जानते थे कि भैयालाल ज्यादा दिन तक दादा से दूर नहीं रह सकता। वह दादा से मिलने घर जरूर जायगा। भैयालाल के थाने जाने की खबर उनके आदमी ने घर जाकर दी। नारान सेठ भी थाने पहुँच गए।

नारान सेठ भी जाकर थाने में कुरसी पर बैठ गए।

नारान सेठ—दीवानजी, दरोगा साहब को बुलाओ।

दीवान—आने वाले हैं सेठजी।

नारान सेठ पर्व और त्योहारों पर दरोगाजी को मिठाई भिजवाते रहते हैं साथ ही कोई काम अपने पक्ष में कराने के लिए दस्तुरी भी देते रहते हैं। वे आश्वस्त थे कि दरोगाजी उन्हीं के पक्ष में कार्यवाही करेंगे। उनका चेहरा आज सम्मान से भरा दिख रहा था।

नारान सेठ को देखकर भैयालाल का खून खौलने लगा था। उसने गुस्से में सेठ की ओर देखा, वहीं देवी और करन शर्मिंदगी और अपराध-बोध से डरे हुए खड़े थे। वे सेठ से आँखें नहीं मिला पा रहे थे। दोनों सिर झुकाए कोने में खड़े थे। भैयालाल सोच रहा था कि सारे फसाद की जड़ यही है, अगर ये थाने के अलावा कहीं और मिलता तो इसका टेंटुवा दबा देता, लेकिन थाने की वजह से वह हाथ बाँधे खड़ा था। उसका सारा शरीर कुछ कर गुजरने को व्याकुल हो रहा था।

थानेदार अंगद सिंह आकर अपनी कुरसी पर बैठते हैं। नारान सेठ और मिच्चू दादा कुरसी से उठकर हाथ जोड़कर थानेदार साहब को राम-राम करते है। भैयालाल, देवी और करन चुपचाप हाथ जोड़कर सिर झुकाए खड़े रहते हैं।

थानेदार—दादा, लिवा लाये तीनों चोरों को।

दादा—जी दरोगाजी, जैसी आपने कई थी सो लिवा लाये।

दरोगाजी—काय बे भैयालाल, बहुत चर्बी चढ़ गई, बड़ौ दिमाग चलन लगो चोरी के लाने। कहाँ छिपे थे।

भैयालाल—ऐसौ कछू नइयाँ माई-बाप, वौ तो (सेठ की ओर इशारा करते हुए) इनने मौ पे बिना बात के हमला करवाओ तौ सो, भैयालाल बात पूरी करता, इसके पहले दरोगा-हमला करवाओ, सो खुदई बदला लेन लगे! थाने आवौ ठीक नई समझौ, हम काय खौं बैठे हैं इतै?

भैयालाल—इतेक बेर तो रिपोर्ट करी दादा ने, आपने का करौ?

मिच्चू दादा—शांत रह, दरोगाजी से मौ चला रऔ, जीभ खैंच लै हों।

भैयालाल—ऐन खैच लो दादा आप मालिक हो अकेलें, बात तौ

साँची है, कित्ते चक्कर काटे थाने के, कछू करौ दरोगाजी ने हमई वेंरै और इनकी (सेठ की ओर देखकर) वेंरै इतेक गुस्सा दिखा रये!

दरोगाजी नारान सेठ से खर्चा पानी लेते थे। अपनी पोल खुलते देख उनको गुस्सा आ गया।

दरोगाजी-मुँह चलाता है, दीवानजी, मारो साले को।

दोनों पुलिस वाले भैयालाल को डंडों से मारने लगते हैं। देवी और करन डरके मारे सिकुड़े जा रहे थे। मारते-मारते पुलिस वाले रुकते हैं।

भैयालाल—खूब मार लो, पर साँची तौ साँची रै है। सेठ खर्चा-पानी देत सब वई को पिच्च लै हो, अब मौ जिन खुलवाओ।

यह सुनकर दरोगाजी का चेहरा गुस्से से तमतमा उठा। इतनी हिम्मत कि सामने रिश्वत लेने की बात कह रहा है! दोनों पुलिस वाले भी रिश्वत लेते थे। वे दोनों दुबारा भैयालाल पर लाठियाँ बरसाने लगे, दोनो चिल्लाए-लै जा है रिश्वत, मजा आऔ लै। अचानक भैयालाल ने दोनों पुलिस वालों की लाठी पकड़ ली।

भैयालाल—भौत हो गई, मारवे लग गए, जैसे मैं कौन आदमी हो।

भैयालाल ने दोनों पुलिस वालों की लाठियाँ छीन लीं दोनों को धक्का दिया वे पीछे की ओर गिर पड़े। उन्हें इस हमले की बिलकुल आशा नहीं थी। आज तक किसी अपराधी ने पुलिस पर पलटकर वार नहीं किया था। उससे वे खुद घबड़ा गए कि कहीं हम पर हमला न कर दे!

भैयालाल—अब कैसौ लगौ, बिना बात के मारे जा रये!

दरोगाजी गुस्से में बोले-इतनी हिम्मत, पुलिस पर हाथ उठाता है! दीवानजी गोली मार दो, बाकी मैं देख लूँगा।

दोनों पुलिस वाले अंदर की ओर भागकर जाते हैं और दोनों बंदूकें लेकर आते है और बंदूकें भैयालाल पर तान देते है।

दीवान—बोल, मार दूँ गोली?

दूसरा पुलिसकर्मी—मार दे साले को, बहुत दम वाला बनता है?

दीवान—बोल, बोल, अब बोल (भैयालाल पर बंदूक ताने रहता है)।

भैयालाल—थोड़ा आगे बढ़कर सीना तानकर कहता है—मार, दम है तौ मैं भी देखूँ कैसो पुलिस वारो है।

इससे पहले कि पुलिस वाले गोली चलाते, भैयालाल ने दोनों से बंदूकें छीन लीं। दोनों में एक-एक लात मारी, जिससे वे पीछे की ओर गिर पड़े। भैयालाल ने दोनों बंदूकें देवी और करन को पकड़ाई और चिल्लाया "वई के बाप" सेठ अब तोय नई छोड़ हों। इसी के साथ चिल्लाया—भागो रे।

भैयालाल, देवी और करन पुलिस की दो बंदूकें लेकर तेजी से थाने के बाहर भागे और तेजी से जंगल की ओर भाग गए।

दरोगाजी, नारान सेठ व मिच्चू दादा चुपचाप बैठे सब तमाशा देखते रहे। किसी के भी कुछ समझ में नहीं आ रहा था।

नारान सेठ—दरोगाजी, जौ का हो गऔ, अब का हुइये? अब वौ पैले मोय ही मार है कै खै गऔ है।

अंगद सिंह—मैं नहीं जानता था कि ये आदमी इतना खतरनाक है। पुलिस पर हमला कर दिया और बंदूकें छीनकर ले गया।

मिच्चू दादा—दरोगाजी, आपके सिपाहियों ने भी तो हद कर दी थी। इतने बड़े अपराधी नई थे कि एसी मार लगाते। वो तो वैसेई गुस्सैल है, मैं तौ जनम से जानत वाखों। आप लोग तौ लगई गए ते रूई सी धुन दई।

अंगद सिंह—दादा, कितना परेशान किया था उसने! और आँखें दिखा रहा था।

नारान सेठ—दरोगाजी, मैं कितै जाऊँ, जा बताओ?

अंगद सिंह—अब आप लोग घरै जाओ, एक अपराध बचावे के चक्कर में एक और अपराध हो गऔ। अब थाने में डकैती को केस बनाने पड़े है। मैं क्या जवाब दूँगा अपने अधिकारियों को? थाने से बंदूकें ले जाना आसान बात है का? बड़े-बड़े अपराधी इतनी हिम्मत नहीं कर

सकते! आप लोगों की इतनी उमर हो गई है, कभी सुनी ऐसी वारदात मेरी पिस्तौल भी अंदर रखी थी, नहीं तो यहीं ढेर कर देता तीनों को।

नारान सेठ कुछ बोलने की कोशिश करता है, दरोगाजी··

अंगद सिंह—जाइए-जाइए, अब मुझे कुछ नहीं सुनना। अब आप लोगों से ज्यादा मुझे अपने आप को बचाने की चिंता है। जे बात ऊपर तक पहुँच गई तौ पहले पूरा थाना सस्पेंड हो जाएगा और हमारा दूर-दूर ट्रांसफर हो जाएगा।

नारान सेठ और मिच्चू दादा दोनों दरोगाजी के कहने पर हाथ जोड़कर अभिवादन कर बिना कुछ कहे थाने से बाहर चले जाते हैं।

□

भैयालाल, देवी और करन भागते-भागते जंगल में पहुँचते है। जंगल में ही एक माता का मंदिर था। मंदिर पुराने जमाने का था। मंदिर का दरवाजा छोटा था, लेकिन अंदर काफी बड़ा था। मंदिर के चारों ओर घना जंगल था। तीनों वहीं रुके। तीनों की साँसें तेज चल रही थीं।

भैयालाल—करन, भीतर जाकै देख जरा।

करन जूते उतारकर मंदिर के दरवाजे पर मथ्था टेकता है और मंदिर के अंदर जाता है, करन—सब ठीक है कूड़ा-करकट भरौ है।

तीनों मिलकर आसपास से झाड़ियाँ तोड़कर उन्हें झाड़ू की तरह प्रयोग करके मंदिर की सफाई करते हैं। उसके बाद तीनों अपने-अपने जूता-चप्पल झाड़ियों में छिपा देते हैं और मंदिर के अंदर जाकर लेट जाते हैं थके होने के कारण तीनों सो जाते हैं।

कुछ आहट होने पर तीनों जाग जाते हैं। करन बाहर झाँककर देखता है।

करन-कुछ नहीं है, सब ठीक है।

तीनों चैन की साँस लेते हैं। तीनों भूख से व्याकुल हो रहे थे। सुबह से कुछ नहीं खाया था और उस पर भाग-दौड़। तीनों खाने की तलाश में पास के गाँव में जाते है और संपन्न सा दिखने वाले घर में जाकर खाना

माँगते हैं। घर वाले उनके हाथ में बंदूकें देखकर उन्हें डाकू समझते है। वे डरते-डरते उनको खाना खिलाते हैं। खाना खाकर वे फिर जंगल में चले जाते हैं।

रात गुजारने के लिए वे फिर उसी मंदिर में जाते हैं जाते-जाते वे एक मिट्टी की गागर पानी भरकर गाँव से ले आए थे। सोचा था? प्यास लगेगी तो काम आएगी। मंदिर के दरवाजे को लकड़ियाँ लगाकर बंद कर देते हैं कि कहीं रात में कोई जानवर आ गया तो मुसीबत हो जाएगी।

देवी-भैयालाल, अब का करै, अबै तक तौ सब बिना सोचे-समझे हो गऔ। एसो का सोचो हतौ?

भैयालाल—साँची है, हम तो मामलो निपटावे खो गए थे। जौ तौ और बढ़ गओ। अब जो विश्वनाथ बाबा की मर्जी हुइये वौई, हो है।

करन-जाने भाग में का लिखौ, अब तौ फरारी डाकू हो गए। पुलिस वारेन की बंदूकें छुड़ा कै भागे हैं। वौ दरोगा पक्के में थाने में डकैती को केस बनाएगा।

इसी उधेड़-बुन में तीनों सो जाते हैं।

अगले दिन विचार करते है कि क्या करैं भैयालाल—अब डाकू तौ बनई गए तौ साँचे डाकू बन जाओ। चलो गाँव में कछू कलेऊ (सुबह का नाश्ता) कर आवें।

तीनों गाँव में जाकर एक घर पर नाश्ता करते हैं और उन लोगों को धमकाते हैं कि अगर काउने इतै-उतै खबर करी तो ठीक ना हुइये।

वापस आकर पास के एक कुएँ पर लगे आम के पेड़ की छाँव में बैठ जाते हैं।

देवी-भैयालाल, अब का करै, कैसे बचहै पुलिस से, वे तो धरती में से खोद कै ढूढ़ लै हैं?

भैयालाल—अब एकई काम है, सेठ को काम बंद कराने। ऑगे जो हुइये, सबसे निपट लै है।

देवी-तौ का करनै है अब?

भैयालाल—एक-एक करके हरेक गाँव से सेठ के फड़ बंद कराने हैं। चलो आज सरवाँ चलै। सरवाँ गाँव के बाहर ही एक आदमी मिल जाता है।

भैयालाल—राम-राम बब्बा का हाल है?

बब्बा—अच्छौ हों बेटा। कौन गाँव के हो।

भैयालाल—मैंने सुनी, गाँव में पुलिस आई है?

बब्बा—नई बेटा पुलिस कायखों आ है। मोय तौ नई पतौ!

भैयालाल—मैंने सुनी ती सो पूछ लई, राम-राम काँ जा रये?

बब्बा—कुआ पै जा रओ बेटा।

भैयालाल आस्वस्त हो जाता है कि गाँव में पुलिस नहीं है। तीनों नारान सेठ के फड़ पर जाते हैं।

भैयालाल—को है जा फड़ कौ मेट?

मेट—मैं हो भइया, का बात है?

भैयालाल—आज से फड़ बंद। आज से कोऊ जा फड़ पै पत्ती लैकें आओ तौ मार डार हो।

मेट—काय भैया, का गलती हो गई?

भैयालाल—थैला दै, कितेक पैसा है?

मेट थैला दे देता है, भैयालाल उसमें से पैसा निकाल लेता है और थैला फेंक देता है। फड़ पर पड़ी खटिया फैक देता है और मेट में दो-चार थप्पड़ लगता है। आज से तेरी नौकरी बंद। आज के बाद फड़ पै दिखा ना जइये, जा भाग।

इस प्रकार पुलिस से छिपते-छिपाते भैयालाल सारे गाँवों के फड़ बंद करा देता है। साथ ही पैसा देकर प्रत्येक गाँव से दो आदमी अपने साथ मिला लेता है। उनका काम गाँव में पुलिस की गतिविधियों की सूचना भैयालाल को देना था।

नारान सेठ की हालत खराब थी। एक तो भैयालाल मारवे की धमकी दै गऔ। दूसरे वाने सारे गाँवों के फड़ बंद करा दिए।

सेठ ने दो-तीन बार गाँवों से अपने लठैत बुलाकर भैयालाल की मरम्मत करने को कहा, लेकिन बंदूकों के डर से कोई भी आदमी सेठ का काम करने को राजी नहीं हुआ।

सेठजी थाने पहुँचे, साथ में एक आदमी फलों की डलिया लिये था। सेठजी ने थानेदार साहब को राम-राम की और अपने आदमी से फलों की डलिया दीवानजी को देने की आज्ञा दी।

नारान सेठ—दरोगाजी, इधर से गुजर रहा था, सोचा आपसे मिलता चलूँ। ये अपने बगीचे के थोड़े से फल हैं आपके लिए। दीवानजी की ओर मुखातिब होकर, दीवानजी, रख दो अंदर, क्या हाल हैं आपके ?

अंगद सिंह—फँस गए आपके चक्कर में, मैंने इसलिए भैयालाल को मारने का ऑर्डर दिया था कि मार खाने के बाद वो आपका नुकसान नहीं करेगा, आपसे दूर रहेगा। लेकिन वोतो बड़ा दिलेर निकला। ऐसा कारनामा कर गया, जिसकी किसी ने सोची भी नहीं थी। मेरी बीस साल की नौकरी में पहली बार ऐसा हुआ। थाने की बदनामी हो गई। जैसे-तैसे मान-मनौव्वल करके ऊपर वालों को मनाया है।

नारान सेठ—वौ तौ डकैत हो गऔ। सारे गाँवों के फड़ बंद करा दिए, मेरा तो धंधा ही चौपट हो गया। आप ही कुछ उपाय करो। बंदूकों के डर सो कोई भी उससे लड़ने को तैयार नहीं हो रहा।

अंगद सिंह—हमारे थाने में स्टाफ कम है और एरिया ज्यादा बड़ा है। जाने जंगल में कहाँ छिपा हो। और फोर्स मँगाने के लिए तार भेजा है। फोर्स आने पर एक साथ दबिस देंगे, तभी पकड़ा जा सकेगा।

नारान सेठ—आप ही सोचों कि क्या करना है, मेरे लायक जो सेवा हो, मैं तैयार हूँ।

नारान सेठ—दरोगाजी, अब आज्ञा देव, मुझे कुछ खबर लगेगी तो बताऊँगा।

मिच्चू दादा का छोटा लड़का पढ़ाई करके वापस घर आ गया था। उसका नाम विपिन था। वह बहुत होशियार और तेज-तर्रार था। उसने

बबीना में आकर नेता-गिरी शुरू कर दी। साथ ही दादा के काम-काज देखता था। भैयालाल के न होने पर दादा का काम देखने वाला कोई नहीं था। विपिन ने सारा काम सँभाल लिया था।

रात में भैयालाल जंगल में करन और देवी के साथ बैठा था, अचानक उसके मन में एक विचार आया। भैयालाल ने अपने खास आदमी के साथ विपिन को जंगल में बुलाया।

भैयालाल—विपिन के पैर छूकर राम-राम की और पास में बैठने को कहा।

विपिन—भैयालाल जौ, सब हो गऔ और मोय पतौ तक नई चलौ!

भैयालाल—करमन के खेल है, जो भाग्य में लिखौ होत, वौ हौके रहत। जा बताओ, आप कैसे हो?

विपिन—बढ़िया हूँ। कैसौ बुलाऔ तौ?

भैयालाल—विपिन भइया? आप पढ़े-लिखे हो और मैं मूरख, गलत कहूँ तौ माफ करियो। मैं आ नई सकत तौ सो आपखौं कष्ट दौ।

विपिन—बता, का बात है?

भैयालाल—मेरे मन में एक बात आई है कि जो पत्ती अपन कंपनी खों देत बीड़ी बनावे खो वा बीड़ी अपन नई बनवा सकत का? घर की पत्ती है, घर की बीड़ी बनन लग है।

विपिन—जौ तौ बड़ौ काम है।

भैयालाल—कछू बड़ौ नइयाँ, कंपनी वारे भी तो हमये जैसे आदमी हैं। बे कैसें कम्पनी चला रये।

विपिन—ठीक है, मैं वकील से सलाह लेता हूँ कि क्या करना पड़ता है!

भैयालाल—बस जई कैने थी। विचार नई करने, कंपनी खोलने है। अब जाओ, काउ ने देख लऔ तो ठीक नई हुइये।

विपिन रास्ते में सोच रहा था कि है तो अनपढ़, लेकिन बात पते की है, बात मैं दम है। विपिन ने दादा को ये बात बताई तौ दादा ने कहा—

दादा—देख समझ, लो सँभाल लै हो। बीड़ी तौ बना लै है, पर वा बीड़ी बैचवे किते जैहे ?

विपिन—जब माल बन जैहै तो बिक भी जै है।

विपिन अपने वकील से सलाह लेता है। वकील सारी औपचारिकताएँ पूरी करा कर 'दादा छाप बीड़ी' की कंपनी का पंजीकरण करा देता है।

धीरे-धीरे नारान सेठ के फड़ सब गाँवों में बंद हो गए। इससे नारान सेठ बहुत परेशान रहने लगे, थाने में शहर से एक टुकड़ी सिपाहियों की आ गई। पुलिस ने एक अभियान चलाया, एक साथ सारे गाँवों में अभियान चलाकर भैयालाल को ढूँढ़ा गया, साथ में नारान सेठ के आदमी भी सहयोग कर रहे थे। ढूँढ़ते-ढूँढ़ते वे सब उस मंदिर तक पहुँच गए जहाँ पर तीनों रुकते थे, वहाँ कोई नहीं मिला, लेकिन पुलिस की बंदूकें, जो तीनों लोग लेकर भागे थे वहाँ पर रखी मिल गईं। लगातार तीन दिन तक अभियान चला, लेकिन वे लोग पुलिस के हाथ नहीं लगे।

अंगद सिंह—कहाँ गायब हो गए ससुरे जमीन खा गई या आसमान निगल गया ?

दूसरा इंस्पैक्टर—लगता है मध्य प्रदेश भाग गए मध्यप्रदेश की सीमा यहीं से शुरू होती है।

अंगद सिंह—क्या करना चाहिए, मध्य प्रदेश की पुलिस का सहयोग लें क्या ?

इंस्पैक्टर—उसमें तो समय लगेगा। मध्य प्रदेश बहुत बड़ा है, वहाँ नहीं ढूँढ़ पाएँगे।

अंगद सिंह—तब क्या करना चाहिए ?

इंस्पैक्टर—अपने खबरियों को लगा दो। जब उन्हें पता चलेगा कि पुलिस वापस चली गई, तब आएँगे तो इसी क्षेत्र में। कितने दिनों तक दूसरे प्रदेश में छिपेंगे ?

अंगद सिंह—कोई रिस्तेदार तो नहीं है वहाँ इनका।

इंस्पैक्टर—कोई फायदा नहीं, उसके लिए भी हमें मध्य प्रदेश

पुलिस का सहयोग लेना पड़ेगा। इसमें बहुत समय लग जाएगा। दूसरे प्रदेश की पुलिस इतनी जल्दी सहयोग देने के लिए तैयार नहीं होती।

अंगद सिंह को इस बात की तसल्ली थी कि हमारी सरकारी बंदूकें तो मिल गईं बाकी सब न मिलें तो न मिले। देखी जाएगी!

तीन दिन बाद पुलिस का अभिमान समाप्त हो गया। बाहर की पुलिस वापस चली गई।

विपिन ने अपने वकील के साथ जाकर एक फौजदारी के वकील से भैयालाल के बारे में सलाह ली। वकील ने सलाह दी कि चुपचाप कोर्ट में हाजिर करवा दो। बाकी छुड़वाने की मेरी जिम्मेदारी व एक ध्यान रखना कि पुलिस कोई गवाह पेश न कर पाए।

यह बात भैयालाल को बताई गई, वह इसके लिए तैयार हो गया। भैयालाल ने अपने सहयोगी व्यक्तियों तक यह खबर पहुँचाई कि सब गाँवों में खबर कर दो कि किसी भी हाल में कोई व्यक्ति पुलिस या सेठ की बातों में आकर कचहरी में गवाही देने को तैयार न हो। पुलिस और सेठ इस काम के लिए लालच दे सकते हैं या धमकी देकर डरा भी सकते हैं। कोई भी उनकी बातों में न आवे।

पूरे क्षेत्र में भैयालाल का सम्मान था। उसने कभी किसी गाँव वाले को नहीं सताया था। जब से फरार हो गया था, तब से उसके नाम की दहशत भी क्षेत्र में थी। पुलिस से छिपकर एक दिन विपिन तीनों को लेकर कचहरी पहुँचता है। फौजदारी के वकील ने पहले सारी तैयारी कर ली थी। वकील तीनों को कोर्ट में जज साहब के सामने आत्मसमर्पण करा देता है। तीनों को जेल भेज दिया जाता है। जज साहब सुनवाई की अगली तारीख दे देते हैं।

बबीना थाने में कोर्ट का सम्मन पहुँचता है। सम्मन देखकर अंगद सिंह साहित पूरा थाना चकित रह जाता है। अंगद सिंह सिपाहियों को गाँव में भेजता है। वहाँ सबको इकट्ठा कर पुलिस वाले भैयालाल के खिलाफ गवाही देने की बात करते हैं गाँव वाले मना कर देते हैं कि

माई-बाप हमें कोरट-कचैहरी के काम में मत फँसाओ हम आज तक कोरट-कचहरी नहीं गए। हम सब कोर्ट कचहरी से डरते हैं। अंत में पुलिस खाली हाथ वापस आ जाती है। अंगद सिंह नारान सेठ को बुलाकर कहते हैं कि कोई गवाह बताओ, जो कचहरी में जज साहब के सामने भैयालाल के खिलाफ गवाही दे। नारान सेठ काफी प्रयास करते हैं। गाँव वालों को धमकी देते हैं पैसो का लालच देते हैं, लेकिन कोई भी भैयालाल के खिलाफ अदालत में गवाही देने को तैयार नहीं होता।

अदालत में तारीख के दिन भैयालाल, करन व देवी को अदालत लाया जाता है। इनके केस की पुकार होती है। पुलिस की ओर से अंगद सिंह हाजिर होते हैं सरकारी वकील तीनों से पूछताछ करता है।

इसके बाद भैयालाल के वकील का नंबर आता है। काफी पूछताछ होती है, भैयालाल का वकील गवाह पेश करने को अदालत से दरखास्त करता है। सरकारी वकील अंगद सिंह की ओर देखता है, अंगद सिंह सिर हिलाकर मना करता है। कोई गवाह न होने के कारण तीनों मुजरिम बाइज्जत बरी हो जाते हैं। रिहाई की अगली तारीख दे दी जाती है।

बबीना में 'दादा छाप बीड़ी' कंपनी का उद्घाटन करने की तैयारियाँ चल रही थी। पंडाल सजे थे। आगंतुकों के लिए फर्स बिछाये गए थे। पंडितजी पूजन की तैयारी कर रहे थे। इतने में भैयालाल, देवी और करन जेल की औपचारिकताये पूरी होने पर जेल से रिहा होकर आ जाते हैं। बड़ी धूमधाम से 'दादा छाप बीड़ी' कंपनी का उद्घाटन होता है। सब खुशियाँ मनाते हैं नाच-गाना होता है। वहीं रामकली भी समारोह में शामिल होती है। दादा के परिवार को व गाँव वालों को भैयालाल और रामकली के प्यार की जानकारी पहले से थी। दादा रामकली के घर वालों से बात करते हैं। वे सहर्ष राजी हो जाते हैं वे जानते हैं कि भैयालाल दादा के लिए बेटा जैसा ही है। उसी समारोह में भैयालाल और रामकली के विवाह की घोषणा हो जाती है।

□□□

* 9 7 8 8 1 9 6 3 5 5 3 3 3 *

FCW - #0228 - 061026 - C0 - 216/140/6 - PB - 9788196355333 - Matt Lamination